THERESIA BASCHEK

Die Weiße Magie des Löwen

Verlag Peter Erd · München

Die in diesem Buch aufgeführten Ratschläge wurden von Autor und Verlag sorgfältig geprüft. Eine Garantie bzw. Haftung kann jedoch nicht übernommen werden. Lassen Sie Kerzen nie ohne Aufsicht brennen.

1. Auflage 1999
Umschlaggestaltung: Mirko Baschek
Lektorat, Satz, Gestaltung: Sonya Mayer
Geburtsdaten: Freiburger Forschungszentrum des Deutschen Astrologen-Verbandes (DAV), Dr. P. Niehenke, Eigenarchiv Theresia Baschek

ISBN 3-8138-0515-8

Inhalt

Vorwort

Seit Jahrtausenden ist die Astrologie ein fester Bestandteil unseres täglichen Lebens. Früher waren Astronomie, Astrologie, Magie und auch die Heilkunde sehr eng miteinander verbunden und teilweise sogar mit unserem religiösen Glauben vereint. Gelehrte, die meist Priester oder Heilkundige waren, hüteten diese Wissenschaften und gaben ihre umfangreichen Kenntnisse, die sie auch als Geheimwissen bezeichneten, nur im engsten Kreis ihrer besten Schüler weiter. Das galt über viele Jahrtausende hinweg rund um unseren Globus für die verschiedensten Kulturen bzw. Völker und deren Menschen – egal welcher Hautfarbe oder Religion. Über diese frühen Beobachtungen und Forschungen sowie über magische und spirituelle Aktivitäten und Rituale wissen wir aus diversen Überlieferungen. Einen Zweig dieses Gesamtwissens, den matriarchalischen, magischen Glauben mit seiner naturverbundenen Religion und deren Verehrung einer »Weisen Mutter Natur«, der »Weißen Göttin«, wollte man im Mittelalter vernichten. Das Patriarchat, vertreten durch die Inquisition, versuchte mit den grausamsten Mitteln, den Menschen seine Vorstellung des »Wahren Heils« einzuimpfen.

Dieses Buch soll die Verbindung zwischen Astrologie und Magie aufzeigen und dazu beitragen, daß das seit vielen Jahrtausenden gehütete und nur im geheimen weitergegebene Wissen der sogenannten

»Weisen Frauen« wieder einer breiten Öffentlichkeit zugänglich wird. Ich weiß, daß dieses Wissen unser Leben bereichern kann, und wenn wir entsprechend handeln und denken, werden wir uns auch wieder naturverbundener fühlen und friedfertiger mit unseren Mitmenschen und der gesamten Natur umgehen.
In diesem Sinne wünsche ich Ihnen, liebe Leserin, und Ihnen, lieber Leser, daß sich Ihre Wünsche erfüllen.

Blessed Be!
Ihre Hexe Theresia

Teil I
Kurzbeschreibung des Löwen

Löwe
(23. Juli bis 23. August)

Wenn Sie dieses Buch in den Händen halten, dann möchten Sie etwas über den Löwen erfahren. Vielleicht sind Sie selbst im Zeichen Löwe geboren und möchten dieses Buch als Anregung zur Selbsterkenntnis nutzen, oder Sie haben mit einem Löwen zu tun, z. B. als Lebenspartner, Freund, Chef oder Kollegen, und wollen den Charakter und auch die Magie dieses Menschen besser verstehen. Mit den Informationen, die Sie in diesem Buch erhalten, können Sie, wenn Sie selbst Löwe sind, Ihre Stärken und Schwächen besser erkennen und einschätzen. Wenn Sie dann dieses Wissen, diese Selbsterkenntnis richtig einsetzen, wird Sie auf Ihrem Weg zum Erfolg nichts ernsthaft behindern. Auch der praktische Teil des Buches, z. B. die beschriebenen Meditationen, ist auf Sie persönlich bzw. auf Ihr Element, das Feuer ausgerichtet. Sie erfahren hier, wie Sie Ihre Stärken nutzen und Ihre Schwächen im Griff halten und dadurch ausgeglichener und ruhiger Ihre Ziele bis zum Ende verfolgen und somit den gebührenden Erfolg und die Anerkennung erhalten.

Das alles gilt natürlich auch dann, wenn Sie kein Löwe sind, aber natürlich aus einer anderen Sichtweise. Wenn Sie mit einem Löwen zu tun haben, können Sie die Art des Löwen besser verstehen, ihn an seine Stärken erinnern und ermuntern sowie ihn bei der Meisterung seiner Schwächen unterstützen. Dadurch können Sie beitragen, daß er Spitzenleistungen vollbringt. Es gibt viele Bereiche im Leben, in denen der Löwe große Taten vollbringen könnte. Temperament, Fleiß, Selbstbewußtsein, Durchsetzungsvermögen, der Wille zum Führen sowie ein ausgeprägter Gerechtigkeitssinn zeichnen ihn aus. Einige Stichpunkte geben uns einen ersten Eindruck von den Menschen, deren Sonne in diesem Sternzeichen steht.

Lateinischer Name	Leo
Herrschender Planet	Sonne
Zugeordnete Farben	orange, (gold-)gelb, weiß
Deutung der Farben	Charme, Vitalität, Lebenskraft, schöpferische Phantasie, Selbstvertrauen, Humor, Unabhängigkeit
Element	Feuer
Deutung nach Element	willensstark, dynamisch, rege, tatkräftig, energiereich
Negative Eigenschaften bei zu viel Feuer	cholerisch, überaggressiv, wenig Mitgefühl, ruhelos
Edelsteine	Rubin, Diamant, Bergkristall, Bernstein, Edeltopas
Kräuter und Düfte	Rosmarin, Beifuß, Wermut, Lavendel
Gefährdete Organe oder Körperteile	Kreislauf, Wirbelsäule, Herz, Bandscheiben

Geburtstage bekannter Löwen

23.7.1938	Götz George, dt. Schauspieler
24.7.1864	Frank Wedekind, dt. Schriftsteller
25.7.1867	Max Dauthendey, dt. Schriftsteller
26.7.190	Salvador Allende Gossens, chilen. Politiker
26.7.1875	Carl Gustav Jung, schweizer. Psychologe und Psychiater
26.7.1856	George Bernhard Shaw, Literaturnobelpreisträger 1925
27.6.1930	Bernard Andreae, dt. Archäologe
28.7.1954	Gerd Faltings, dt. Mathematiker
28.7.1929	Jacqueline Kennedy, Ehefrau von John F. Kennedy, 1953 Heirat mit Aristotcles Onassis
29.7.1883	Benito Mussolini, Gründer und Führer des Faschismus in Italien
29.7.1926	Jacek Bochenski, poln. Schriftsteller
30.7.1947	Arnold Schwarzenegger, österr.-amerik. Schauspieler und Bodybuilder, »Mr. Universum«
30.7.1863	Henry Ford, Erfinder des Fließbands
31.7.1843	Peter Rosegger, österr. Schriftsteller
31.7.1914	Isolde Ahlgrimm, österr. Cembalistin
1.8.1926	Theo Adam, dt. Baßbariton und Regisseur
2.8.1948	Inga Rumpf, dt. Rockmusikerin
3.8.1867	Stanley Baldwin, engl. Politiker
4.8.1942	Jean-Marie Luton, franz. Physiker

5.8.1850	Guy de Maupassant, franz. Schriftsteller
5.8.1930	Neil Armstrong, amerik. Astronaut, erster Mensch auf dem Mond
6.8.1928	Andy Warhol, amerik. Popkünstler
6.8.1880	Hans Moser, österr. Filmschauspieler
7.8.1883	Joachim Ringelnatz (Bötticher), dt. Schriftsteller und Maler
7.8.1876	Mata Hari, niederländische Spionin, Prostituierte
8.8.1904	Ludwig Alsdorf, dt. Indologe
9.8.1957	Melanie Griffith, amerik. Schauspielerin
10.8.1913	Wolfgang Paul, dt. Physiker und Physik-Nobelpreisträger 1989
11.8.1925	Michael Argyle, brit. Sozialpsychologe
12.8.1949	Mark Knopfler, brit. Popmusiker
12.8.1930	Peter Weck, österr. Schauspieler
13.8.1926	Fidel Castro, Politiker, Staatschef Kubas
13.8.1899	Alfred Hitchcock, engl. Kriminalfilmautor
13.8.1902	Fritz Wankel, Erfinder des Wankelmotors
13.8.1907	Alfried Krupp von Bohlen-Halbach
14.8.1928	Rene Goscinny, franz. Zeichner und Texter (»Asterix und Obelix«)
15.8.1944	Gianfranco Ferre, ital. Modedesigner, künstlerischer Leiter des Hauses Dior
15.8.1888	Gottlieb Duttweiler, schweiz. Politiker, Gründer der Migros-Genossenschaft

15.8.1769	Napoleon I., gewählter Kaiser Frankreichs
16.8.1937	Gerhard Pohl, dt. Politiker
17.8.1968	Anja Fichtel, dt. Fechterin, Olympiasiegerin
18.8.1952	Patrick Swayze, amerik. Schauspieler
18.8.1830	Kaiser Franz Joseph I. von Österreich
19.8.1743	Gräfin Dubarry, Kurtisane am Hof von Ludwig XV.
19.8.1946	Bill Clinton, Präsident der USA seit 1990
20.8.1943	Isaac Hayes, amerik. Soulmusiker
20.8.1936	Alice und Ellen Kessler, dt. Künstlerinnen
21.8.1858	Erzherzog Rudolf von Österreich, Sohn von Kaiser Franz-Josef
21.8.193	Prinzessin Margaret, Schwester der Königin Elisabeth von England
21.8.1898	Hans Asmussen, dt. evangelischer Theologe
23.8.1946	Keith Moon, engl. Rockmusiker

Der Löwe – Das »königliche Zeichen« strahlt wie die Sonne

Es ist Sommer, die Sonne strahlt mit ihrer ganzen Kraft auf uns herunter, und so verwundert es nicht, daß auch die Menschen, die in diesem Sternzeichen geboren sind, immer einen gehobenen Posten haben, von dem herab sie herrschen. Sie tun das meist auf eine großzügige, selbstbewußt Art und Weise, wie es vielen Herrschern, Königen und Fürsten zu eigen ist. In der Tat sind viele Würdenträger oder Menschen in hohen Positionen im Zeichen des Löwen geboren. Sein Auftreten – auch im wörtlichen Sinn – wird von seiner Umgebung immer wahrgenommen: Durch seinen Stolz und sein Selbstbewußtsein ist dies seine Art, auf sich aufmerksam zu machen und seinen Führungsanspruch kundzutun. Für manche Menschen erscheint das als Arroganz, aber das täuscht. Wer ein richtiger Löwe ist, steht nun mal nicht gern im Schatten.
Wie wir schon wissen, ist dem Löwen der Planet Sonne zugeordnet. Sie ist auch für seine Heiterkeit und Lebensfreude verantwortlich. Ganz besonders profitiert er von der anziehenden Ausstrahlung seines Planeten. Löwe-Geborene werden nicht selten von ihren Mitmenschen umschwärmt wie das Licht von den Motten. Auch in der Magie wird die Farbe Gelb dazu verwendet, Dinge oder Personen anzuziehen. Die Sonne färbt auch sonst noch ganz

schön auf den Löwen ab. So verleiht ihm sein Stern Großmut und veranlaßt ihn zu Aktivitäten, die stets auf Macht und herrschen ausgerichtet sind. Er strebt immer nach Beifall, Lob und Anerkennung, und der soziale Aufstieg ist so gut wie immer Bestandteil seines Lebens.

Hier taucht allerdings auch die Kehrseite der Medaille auf. Denn wenn der Löwe nicht lernt, seine »goldene Ader« zu beherrschen, könnten die positiven Eigenschaften in negative Extreme umschlagen, die weder für den Löwen noch für seine Umgebung, Familie, Freunde oder das Berufsleben gut wären. Ein solcher »Extrem-Löwe« wäre ein Mensch, der alles maßlos übertreibt, ein Egoist und Angeber, der Glanz und Glamour so auffällig zur Schau stellt, daß das nur als Aufschneiderei und übertriebene Fassade zu bezeichnen wäre. Da sich eine solche Fassade nicht auf Dauer aufrechterhalten läßt, ist es nur eine Frage der Zeit, bis das Kartenhaus zusammenbricht und der Löwe unsanft auf dem Boden der Tatsachen landet. So wird er nie den Ruhm ernten, den er so dringend braucht.

Wenn der Löwe es schafft, an sich zu arbeiten und sich seiner Stärken und Schwächen bewußt zu werden, dann erringt er fast wie von selbst den Siegerkranz. Der Löwe ist und bleibt nun mal eine Herrschernatur, die umjubelt werden will – und das sollte sich auch der Partner eines Löwen merken. Wenn man den Löwen anbetet und ihm nicht widerspricht, wird er sich überaus großzügig verhalten und seinen Partner mit Schmuck und Geschenken

verwöhnen. Auch bevorzugt er bei einem Rendezvous eher das elegante Restaurant als den Schnellimbiß an der nächsten Straßenecke.
Hat er sich für einen Partner entschieden und eine Familie gegründet, ist er ein guter Ehepartner, der immer liebevoll zu seinen Kindern ist. Größere Familien mit drei oder mehr Kindern sind für ihn nicht ungewöhnlich. Was die Treue betrifft, kann es durchaus vorkommen, daß er das eine oder andere Mal die Ausnahme von der Regel für sich beansprucht, aber eigentlich nur dann, wenn es daheim eintönig und langweilig geworden ist oder er nicht ausreichend bewundert wird.

Bevorzugte Berufsgruppen des Löwen:
Hohe Positionen in Ämtern, beim Staat und in Behörden, Arzt, Textil- und Modebranche, Unternehmer, Vorsitzender von Verbänden sowie die Parfum- und Modebranche, wie Juwelier, Goldschmied usw.

Das Trigon des Feuers

Es ist das Dreieck, zu dem die Sternzeichen Löwe, Widder und Schütze zählen. Diese drei Tierkreiszeichen gehören zum Element Feuer und sind somit Zeichen, die normalerweise sehr selbstbewußt, aktiv und ich-bezogen sind. Menschen, die in diesen Zeichen geboren sind, drängt es zu führen, und das auf höchster Ebene. Im Beruf z. B. sind sie eher als Chef denn »nur« als leitender Angestellter anzutreffen. Der Drang nach Unabhängigkeit und Freiheit ist eine der herausragenden Eigenschaften dieses Trigons. Für eine Partnerschaft sollte man das auch bedenken, da Menschen dieser Sternzeichen auch hier fast immer die Führung übernehmen.

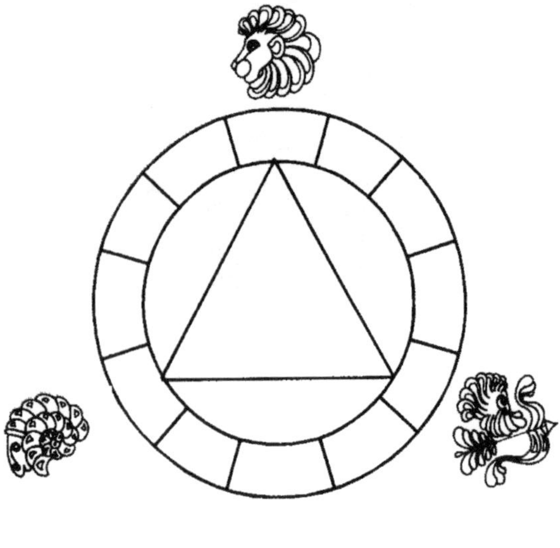

Die Aszendenten des Löwen

Der Aszendent ist quasi unser zweites Sternzeichen. Man bezeichnet damit jenes Tierkreiszeichen, das zum Zeitpunkt der Geburt am östlichen Horizont aufgeht. Dieser Aszendent bestimmt auch unseren Charakter, in der Regel aber nur zu etwa einem Viertel. Wie alles im Universum, so hat auch der Aszendent zwei Seiten, und wie so oft liegt es an uns, wie wir diese Seiten deuten. Der eine empfindet sie als positiv, während der andere sie für negativ hält.

Aber was sind eigentlich diese »positiven« oder »negativen« Seiten, die den Aszendenten für uns so wichtig erscheinen lassen? Nun, es sind die verstärkenden oder abschwächenden Eigenschaften, die unseren Charakter dann auf die eine oder andere Weise mitprägen. Löwe-Geborene z. B., die als Sonnenzeichen sowieso schon sehr selbstbewußt sind, können durch den zusätzlichen Löwe-Aszendent sehr autoritär werden. Auf der anderen Seite führt der Löwe-Aszendent auch dazu, daß der Löwe zur »Großzügigkeit in Person« wird.
Natürlich gibt es keine festen Grenzen, an denen die positiven Eigenschaften aufhören und die negativen anfangen. Vielmehr ist alles fließend, und die unendliche Vielzahl der möglichen Stellungen der Planeten in unserem Geburtshoroskop zeigen für jeden Menschen ganz individuell die persönlichen Stärken und Schwächen. Die nachstehenden Be-

schreibungen sollen Ihnen einen ersten Einblick über den Aszendenten geben. Auf Tabellen, Listen und Formeln diesen zu berechnen, habe ich in diesem Buch bewußt verzichtet. Leserinnen und Leser, die ihren Aszendenten nicht kennen, möchten mir das bitte nachsehen. Wenn Sie sich aber intensiver mit Ihrem Aszendenten oder allgemein mit Astrologie beschäftigen wollen, empfehle ich Ihnen entsprechende Literatur wie z. B. von den Autoren Erich Bauer, Herbert Löhlein, Georg Haddenbach und Norbert Teupert, um nur einige zu nennen.

Widder

Der Widder-Aszendent macht den Löwen zum knallharten Kämpfer. Dieser Mischtyp bittet nicht, er nimmt sich, was er will. In der Liebe knistert es nur so von Erotik und Leidenschaft.

Stier

Der Löwe mit Stier-Aszendent läßt Unruhe oder Streß gar nicht aufkommen, er erledigt alles in Ruhe. Er ist romantisch und zärtlich. Mit Fleiß und Ausdauer arbeitet er sich nach oben.

Zwillinge

Dieser Mischtyp steckt sich oft seine Ziele zu hoch, so daß er sie nicht erreichen kann. Immer beginnt er Neues, um letztlich zu erkennen, daß ihm die Lust fehlt, es auch zu Ende zu bringen.

Krebs

Der Krebs-Aszendent macht den Löwen empfindlich und sensibel. Er ist leicht verletztbar und zweifelt an sich selbst. Im Beruf ist er kein besonderer Kämpfer, eher ein Samariter für die Leidenden.

Löwe

Dieser reine Löwe ist sehr abenteuerlustig. Geld ist für ihn Energie, die fließen und darum schnell ausgegeben werden muß. Dieser Löwe ist gutherzig und liebevoll, was er natürlich geschickt verbirgt.

Jungfrau

Der Jungfrau-Aszendent macht den Löwen sparsam. Dieser Löwe ist häuslich und liebt es, in Harmonie mit seiner Familie zu leben. Allerdings findet dieser Mischtyp auch gerne die Fehler anderer und wird deshalb oft für besserwisserisch abgetan.

Waage

Der Aszendent Waage schenkt dem Löwen eine künstlerische Ader. Er kann seine Gefühle in Gedichten und Malereien ausdrücken. In der Liebe ist er feinfühlig und sensibel.

Skorpion

Der Löwe mit Aszendent Skorpion macht grundsätzlich, was er will. Er hat Power und erreicht seine beruflichen Ziele so, wie er es sich vorstellt. Er ist rechthaberisch – was in der Liebe nicht immer einfach ist.

Schütze

Dieser Mischtyp braucht Abwechslung, nichts langweilt ihn mehr als tagein, tagaus das gleiche zu erleben. Meist ist dieser Sternenmischling Junggeselle, weil er sich einfach nicht entscheiden kann.

Steinbock

Dieser Löwe ist sehr ehrgeizig und erreicht alle seine Ziele. In der Liebe bricht allerdings die etwas kühlere Art des Steinbocks durch.

Wassermann

Der Löwe mit Aszendent Wassermann ist sehr freiheitsliebend und leichtsinnig. Man findet ihn häufig in der Reisebranche, z. B. als Flugbegleiter/in. Eine feste Partnerschaft würde ihn einengen, es sei denn, seine Liebste liebt die Freiheit genauso wie er.

Fische

Der Fische-Aszendent macht den Löwen weich und verträumt. Dieser Mischtyp ist nicht unbedingt ein Karrieretyp, sondern eher ein Helfer hilfsbedürftiger Kinder und Senioren.

Teil II
Der Mann im Zeichen Löwe

Der Löwe-Mann

Selbstbewußt und majestätisch schreitet der Löwe-Herr durchs Leben. Ebenso wie seine Sternenschwester weiß er ganz genau, was er will, und er wird nicht eher ruhen, bis er das auch erreicht hat. Da sich der Löwe-Mann nur sehr schwer unterordnen kann, strebt er im Beruf nach einer Führungsposition. Denn auch in diesem Bereich ist er ein Kämpfer, der immer wieder neue Herausforderungen sucht und sich höhere Ziele steckt. Wenn er ein geregeltes Leben führt und nicht übermäßig in Prunksucht verfällt oder anderen Süchten wie z. B. dem Alkohol nachgibt, wird er fast alles erreichen, was er will. Gewissenhaft und pflichtbewußt arbeitet er sich nach oben. Sein Fleiß, seine Ausdauer und zudem eine gewisse Zähigkeit katapultieren ihn schnell in den Chefsessel. Er ist ein gerechter Vorgesetzter, der stets ein offenes Ohr für die Probleme seiner Mitarbeiter hat. Aber er kann auch eiskalt sein, wenn er ausgenutzt oder belogen wird. Der Löwe-Herr hat Charme, und er versprüht sein Feuer gerne. Ganz besonders tut er dies, wenn ihm eine Dame ins Auge sticht, die ihm gefällt. Er ist leidenschaftlich und ruht nicht eher, bis er die Auserwählte in den Armen hält. Er ist nicht nur leidenschaftlich, sondern auch gefühlvoll. In seinen Adern brodeln Erotik und Feuer. Liebevoll entführt er seine Liebste zu den höchsten Gipfeln der Lust, um mit ihr gemeinsam die Erfüllung der Leidenschaft zu genießen.

Seine Gegner jedoch läßt er mit hocherhobenem Haupt und einem kalten Lächeln einfach links liegen. Niemals würde er sich mit einem Nebenbuhler prügeln, er schleudert dem anderen giftige Worte ins Gesicht – das trifft den Gegner viel tiefer, und das beabsichtigt der Löwe-Herr. Wenn er sich entschlossen hat, seine Liebste vor den Traualtar zu führen, wird er sie liebevoll umsorgen. Er ist dann treu und verlangt das auch von seiner Partnerin. Niemals wird er ihr verzeihen, wenn sie sich in fremdes Gehege verläuft.
Der Löwe-Herr ist sehr kinderlieb und sorgt dafür, daß es seinen Kindern an nichts mangelt. Er hat auch stets ein offenes Ohr für die Sorgen seiner Sprößlinge.

Der Löwe-Mann und seine Partnerinnen

Widder-Frau

Wow, diese Verbindung ist zweifellos eine der besten. Erotik und Leidenschaft werden hier großgeschrieben. In beruflicher Hinsicht powern sie als gemeinsames Team.

Stier-Frau

Die Stier-Dame läßt sich gern von dem feurigem Löwen verführen. Sie ist großzügig und trägt das Herz am rechten Fleck, und das gefällt dem stolzen Löwe-Herrn.

Zwillinge-Frau

Die unkomplizierte Art der Zwillinge-Dame zieht den Löwe-Herrn sofort in ihren Bann. Der Löwe-Mann kann in dieser Verbindung der König bleiben, und das läßt Harmonie aufkommen.

Krebs-Frau

Neben der Krebs-Dame fühlt sich der Löwe-Mann als edler Held und Beschützer. Die sensible Krebs-Dame liebt es, sich an seiner starken Schulter auszuweinen. Mit viel Zärtlichkeit wird er sie glücklich machen.

Löwe-Frau

Das Feuer der Leidenschaft brodelt in dieser Verbindung ganz gehörig. Beide haben dieselben Interessen und lieben es, gemeinsam einige Abenteuer zu bestehen. In beruflicher Hinsicht sind sie ein »Spitzen-Team«.

Jungfrau-Frau

Der Löwe-Mann liebt es, der Jungfrau-Dame ihre geheimsten Wünsche zu entlocken und sie so zum Gipfel der Leidenschaft zu entführen. Der Fleiß und die Sparsamkeit der Jungfrau imponieren dem Löwen sehr.

Waage-Frau

Der Löwe-Herr ist von der Anmut der Waage-Dame hingerissen. Sie verzaubert ihn mit ihrem Charme und überhäuft ihn mit Schmeicheleien, was dem Löwe-Mann wie Honig die Kehle hinunter fließt.

Skorpion-Frau

Bei soviel Leidenschaft kommt sogar der potenzstarke Löwe-Mann ins Schwitzen! Mit erotischen Spielchen entführt sie den feurigen Löwen in den Garten der Lust, wohin er ihr gerne folgt.

Schütze-Frau

Die Schütze-Frau flirtet für ihr Leben gern, was dem stolzem Löwen überhaupt nicht gefällt. Liebevoll wird er seine Liebste umsorgen und ihr ein treuer Partner sein. Diese Verbindung kann ein Leben lang halten, wenn die Schütze-Dame ihrem Löwe-Herrn das Gefühl vermittelt, der Größte für sie zu sein.

Steinbock-Frau

Die etwas kühle Steinbock-Dame kann dem Feuer des Löwe-Mannes nicht allzu lange widerstehen, dann offenbart sie ihm ihre verborgenen Phantasien. Mit Fleiß und Ausdauer erfüllen die beiden sich ihre Wünsche. Nicht selten ist dies eine Verbindung, die bis ins hohe Alter hält.

Wassermann-Frau

Diese Verbindung wird sicher nicht langweilig, mal »fliegen die Fetzen«, mal wird mit viel Zärtlichkeit Versöhnung gefeiert. Die Wassermann-Dame will sich niemals bevormunden lassen, aber der stolze Löwe-Herr will, daß sie das macht, was er ihr rät. Schließlich will er ja nur ihr Bestes, oder?

Fische-Frau

Die zarte Fische-Dame wird viele Tränen vergießen müssen, wenn der Löwe-Herr mal wieder brüllt. Zu sehr nimmt sie sich alles zu Herzen und zieht sich in ihr Innerstes zurück.

Teil III
Die Frau im Zeichen Löwe

Die Löwe-Frau

Die Löwe-Dame hat Power, was sie sich in den Kopf setzt, zieht sie auch durch. Sie ist ehrgeizig und verfolgt verbissen ihre beruflichen Ziele, bis sie selbst im Chefsessel sitzt. Sie ist eine gerechte, aber resolute Vorgesetzte. Wenn einer ihrer Mitarbeiter in Schwierigkeiten ist, wird sie ihm helfen – wenn sie aber sieht, daß sie betrogen wird, zeigt sie sich von ihrer härtesten Seite. Die Löwe-Dame hat ein großes Herz für die Schwächeren. Alte Menschen, Kinder und auch Tiere finden in ihr oft eine Retterin in der Not. Leider wird ihre Großzügigkeit oft ausgenützt oder völlig falsch verstanden.
Sie hat eine sehr direkte Art und sagt grundsätzlich, was sie denkt. Deshalb wird die Löwe-Dame oft als gnadenlos herrschsüchtig bezeichnet. Doch unter ihrer rauhen Schale verbirgt sich ein weicher Kern, der Angst hat, verletzt zu werden. Sie wird niemals zugeben, wenn sie jemand gekränkt hat. Mit hocherhobenem Kopf wirft sie ihrem Gegner vernichtende Worte entgegen und schreitet dann lächelnd davon. In der Liebe ist die Löwe-Dame ein wahrer Vulkan der Leidenschaft. Diese Dame hat Feuer – und das spüren auch die Herren der Schöpfung. Mancher Verehrer dachte, er könne diese feurige Schönheit in sein Bett locken, enttäuscht mußte er dann feststellen, daß sie eine Dame ist – und kein Mädchen für eine Nacht. Ihr Humor zieht jeden in seinen Bann, daher ist die Löwe-Dame auch ein gern gesehener Gast. Sie flirtet, was das Zeug hält,

wenn sie aber in festen Händen ist, ist sie die Treue selbst. Das verlangt sie auch ohne Einschränkungen von ihrem Liebsten. Wehe, er »wühlt in fremden Kopfkissen«! Die Löwe-Dame straft ihn mit Eiseskälte, bis sie ihn aus dem ehelichen Bett verjagt. Sie ist eine großzügige Ehefrau und Mutter, die sich mit aller Kraft für ihre Lieben einsetzt. Liebevoll zieht sie ihre Kinder groß und ist ihnen stets eine gute Freundin und Beraterin.

Die Löwe-Frau und ihre Partner

Widder-Mann

In Sachen Liebe geht hier ordentlich die Post ab. Der feurige Widder kennt jede erogene Zone der leidenschaftlichen Löwe-Dame. Auch im Beruf ist diese Verbindung unschlagbar.

Stier-Mann

Der Stier-Mann kennt die heimlichen Sehnsüchte seiner Löwe-Dame und trägt sie auf Händen. Stundenlang können die beiden miteinander reden, dabei wird niemals Langeweile aufkommen.

Zwillinge-Mann

Er liebt das weibliche Geschlecht und braucht Abwechslung, das stört die Löwe-Dame ganz enorm. Sie teilt ihren Liebsten niemals mit anderen Frauen, darum wird sie diese Verbindung beenden und seine Koffer vor die Tür setzen.

Krebs-Mann

Der Krebs-Mann ist romantisch und einfühlsam. Voller Bewunderung sieht er zu seiner Löwe-Dame auf, das gefällt ihr natürlich sehr gut.

Löwe-Mann

Die beiden verstehen sich prächtig. Mit viel Liebe und Wärme gestalten sie ihr gemeinsames Leben. Sie sind sich treu und gehen gemeinsam auf der

Straße des Erfolgs. Dies könnte eine Verbindung fürs Leben sein.

Jungfrau-Mann

Der Jungfrau-Mann findet allerlei Dinge, die ihm an der dominanten Löwe-Dame nicht gefallen und kritisiert sie. Das läßt sie sich nicht gefallen, denn sie kann Kritik nur schwer ertragen.

Waage-Mann

Der Waage-Herr ist ein Schmeichler, daher überschüttet er seine Liebste mit Komplimenten. Die sinnliche Löwe-Dame liebt ihn dafür um so mehr und verwöhnt ihn mit erotischen Nächten.

Skorpion-Mann

Diese Verbindung wird nie langweilig, gemeinsam erleben diese beiden ein Feuerwerk der Erotik. In beruflicher Hinsicht stacheln sie sich gegenseitig zur Höchstform an.

Steinbock-Mann

Für die Löwe-Dame ist es eine große Herausforderung, die Leidenschaft des etwas unterkühlten Steinbock-Herrn zu entfachen. Auf beruflicher Ebene wird der Erfolg nicht lange auf sich warten lassen, da beide ehrgeizig und fleißig sind.

Wassermann-Mann

Diese Verbindung gestaltet sich schwierig, weil der Wassermann-Herr sehr freiheitsliebend ist und mit der feurigen Art der Löwe-Dame »nichts am Hut hat«.

Fische-Mann

Diese Verbindung könnte für immer halten. Der Fische-Mann verwöhnt seine Liebste mit Erotik, Leidenschaft und sehr viel Gefühl. Die Löwe-Dame vermittelt dem sensiblen Fische-Mann, daß er der »Allergrößte« ist – das tut seinem geringen Selbstwertgefühl sehr gut.

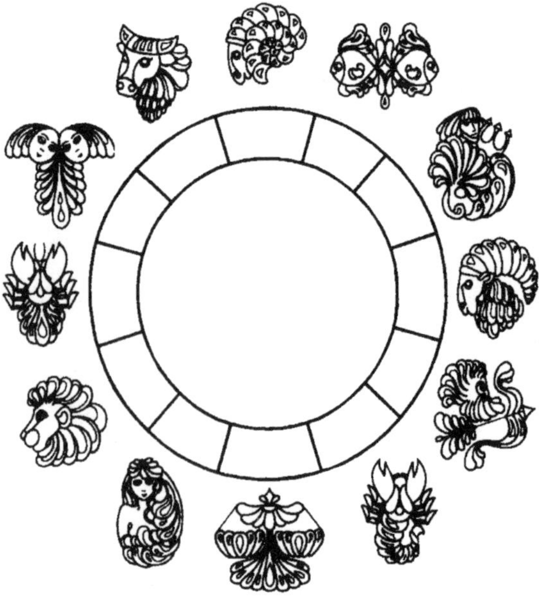

Teil IV
Die Meditationen des Löwen

Feuerzeichen-Meditation für den Löwen

Diese Meditation können Sie gut morgens nach dem Aufwachen praktizieren, um sich positiv auf den beginnenden Tag einzustimmen.

Legen Sie sich auf eine bequeme Unterlage und atmen Sie einige Male ein und wieder aus. Mit jedem Atemzug lassen Sie sich tiefer und tiefer fallen. Vollkommene Ruhe und Harmonie umgeben Sie. Ganz deutlich sehen Sie eine breite Treppe vor sich, und Sie steigen die Stufen hinunter. Immer tiefer und tiefer, noch weiter hinunter. Sie sehen vor sich eine Tür und öffnen sie weit. Sie treten durch die Tür hindurch und befinden sich inmitten eines Waldes. Ein tiefes Glücksgefühl durchströmt Ihren Körper. Langsam gehen Sie einen Waldweg entlang. Rechts von Ihnen fließt ein kleiner, wilder Bach. Das Wasser des Baches leuchtet in einem tiefen Blau. Sie gehen langsam am Bach entlang, immer weiter und weiter. Vor sich sehen Sie eine Wiese, auf der rote Blumen von einzigartiger Schönheit blühen. Wunderschöne, feenhafte Wesen mit langen, roten Haaren singen und tanzen um ein Feuer. Eines dieser zarten Wesen kommt auf Sie zu und nimmt lächelnd Ihre Hand. Gemeinsam gehen Sie zum Feuer und setzen sich in angenehmer Entfernung davor. Ganz entspannt schauen Sie in die Flammen und sehen, wie diese sich bewegen, ja fast

tanzen. Deutlich hören Sie das Feuer knistern und knacken. Das feenhafte Wesen, das Sie zum Feuer geführt hat und sich mit Ihnen hingesetzt hat, erklärt Ihnen, daß es selbst und die anderen Wesenheiten Geistwesen des Feuers sind und Ihnen, da Sie ein Feuerzeichen sind, sehr nahe stehen. So wie einem sehr lange bekannten, guten alten Freund könnten Sie ihnen somit alles sagen, was Sie bedrückt oder belastet. Sie können ihnen alles erzählen und auch Fragen stellen, wenn Sie etwas wissen möchten. Sie werden genau die richtige Antwort erhalten, die zu diesem Zeitpunkt für Sie richtig ist und Ihnen den rechten Weg weist.
Wenn Sie möchten, können Sie sofort einige Fragen stellen oder zu einem späteren Zeitpunkt wieder hierher zurückkommen, um dann nach Antworten auf Probleme, die Sie bewegen, zu fragen. Die Lösungen und Antworten erhalten Sie entweder sofort oder im Laufe der nächsten Zeit. So kann es durchaus sein, daß Sie während der Meditation eine Frage stellen, aber keine Antwort bekommen. Aber beispielsweise in der folgenden Nacht werden Sie nochmals von Ihrem Problem träumen und im Traum auch die Lösung erhalten. So haben Sie von den Feuerwesenheiten auf diesem Weg die Wegbeschreibung zu Ihrem Ziel bekommen. Sie können auch um Schutz bitten, wenn Sie ihn benötigen und werden diesen Schutz auch sofort erhalten.
Wenn Sie dann das Gespräch mit Ihrer Feuerwesenheit beendet haben, bedanken Sie sich und verweilen noch einige Minuten, bevor Sie sich verab-

schieden. Sehen Sie sich vielleicht noch etwas um, und gehen Sie dann denselben Weg wieder zurück. Über die schöne Wiese mit den roten Blumen, den kleinen, wilden Bach entlang zum Waldweg und diesen zurück zum Tor. Gehen Sie mit Freude hindurch und die Treppen wieder hinauf, denn Sie haben die Gewißheit, jederzeit zurückkehren zu können und Kontakt zu den Geistwesen des Feuers zu erhalten.
Bleiben Sie jetzt einfach noch eine Weile ganz ruhig liegen und lassen Sie diese Meditation auf sich wirken. Atmen Sie anschließend dreimal kräftig ein und aus, und beginnen Sie Ihren Tag voller Frieden und Harmonie.

Zu den Feuerwesenheiten und ihren Antworten gibt es ergänzend noch zu sagen, daß Ihnen diese Wesenheiten niemals schaden und daß sie Sie auch niemals belügen. Sie sollten sich also die Lösungswege und Antworten, die Sie erhalten, ganz genau anschauen, da diese Ihnen ausschließlich nutzen. Steht eine solche Antwort im Widerspruch zu Ihrer eigenen Meinung oder Ihrem momentanen Weg, so sollten Sie diesem Rat dennoch folgen. Wenn Sie das spontan nicht können, weil Sie glauben, daß zu viele oder bestimmte Argumente gegen den aufgezeigten Weg sprechen, dann könnten Sie über diese Antworten einmal oder, wenn Sie möchten, auch mehrmals, analytisch meditieren. Zu beschreiben, wie das genau geht, würde den Umfang dieses Bandes sprengen, außerdem ist es nicht Thema dieses Buches. Soviel sei aber zur analytischen Meditation gesagt: Ganz vereinfacht dargestellt sollte man versuchen, das Problem, den Weg oder die Antwort bis ins kleinste Detail in positive und negative Auswirkungen für einen selbst und für andere zu zerlegen. Dann versucht man, die positiven und negativen Auswirkungen zu gewichten und gegeneinander abzuwägen. Hat am Ende das Ergebnis eine positive Wirkung nicht nur für uns selbst, sondern auch für andere, so können wir davon ausgehen, daß unsere Handlungen oder unser Weg momentan richtig sind. Hat das Endergebnis aber negative Auswirkungen, so kann dieser Weg nicht richtig sein, und man sollte über andere Wege oder Ziele nachdenken.

Bergkristall-Meditation für den Löwen

Auch diese Meditation können Sie gut morgens nach dem Aufwachen praktizieren, um sich positiv auf den beginnenden Tag einzustimmen. Sie läßt sich jedoch auch gut zu jeder anderen Tageszeit verwenden, wenn man »zuviel Feuer« hat und sich etwas beruhigen sollte. Da diese Meditation nicht so lange dauert, kann man sie durchaus in stressigen Situationen anwenden.

Setzen Sie sich entspannt hin oder legen Sie sich auf eine bequeme Unterlage und schließen Sie Ihre

Augen. Ihr Atem geht ruhig und gleichmäßig, so wie es Ihr Atemreflex vorgibt. Sie atmen einfach ein und wieder aus, ein und wieder aus. Sie sind vollkommen ruhig und entspannt. Nichts kann Sie stören, und nichts ist mehr wichtig. Sie lassen sich einfach fallen in das angenehme Gefühl der Ruhe. Sie fallen immer tiefer und tiefer. Ihr ganzer Körper ist in Harmonie und Liebe gebettet. In Gedanken sehen Sie nun vor sich einen wunderschönen Bergkristall. Er ist völlig durchsichtig, klar und glänzend. Es ist Ihr ganz persönlicher Edelstein, der Ihnen als Löwen genauso zugeordnet ist wie der »rote« Planet Mars. Dieser Bergkristall schwebt genau über Ihrem dritten Auge und bestrahlt Ihr Dasein mit seiner ganzen Kraft. Mit jedem Atemzug werden Sie mehr und mehr eins mit diesem Stein. Sie spüren die Stärke und Kraft, die sich nun in Ihnen ausbreiten. Sie sind ruhig und ausgeglichen. In Ihnen herrscht das richtige Maß an Feuer. Der Bergkristall verleiht Ihnen Leidenschaft und Kraft. Sie sind eins mit diesem göttlichen Stein. Mit jedem Atemzug saugen Sie diese Energie ein, und wenn Sie ausatmen, lösen sich alte Blockaden, und überschüssiges Feuer wird herausgeblasen. Sie sind nun völlig ausgeglichen und frei für positive Unternehmungen. Bleiben Sie noch einen Moment liegen, bevor Sie an die Arbeit gehen.

Teil V
Die Magie des Löwen

Was ist eigentlich die Magie des Löwen? Um das festzulegen, müssen wir erst einmal wissen, was Magie allgemein ist.
Magische Rituale zu praktizieren, ist eine seit Jahrtausenden überlieferte Kunst, bei der man durch Willenskraft bestimmte Ereignisse oder Dinge verändert oder auch neu erschafft. Notwendig ist dabei, daß man einen unerschütterlichen Willen und ein konkret definiertes Ziel hat.
Was ist ein konkret definiertes Ziel?
Bei unserer magischen Arbeit ist es ein durch Visualisierung sehr genau dargestelltes Ereignis. Ein Beispiel soll Ihnen verdeutlichen, was ich meine. Nehmen wir einmal an, Sie haben einen Wunsch. Versuchen Sie nun, diesen Wunsch vor Ihrem geistigen Auge Realität werden zu lassen. Was sehen Sie? »Meinen Wunsch«, werden Sie jetzt vielleicht ganz spontan gedacht oder gesagt haben. Natürlich haben Sie etwas gesehen, aber das war nur ein Bruchteil Ihres Wunsches, und es war deshalb auch nur ein Bruchteil eines konkret definierten Ziels.
Haben Sie, während Sie Ihren Wunsch visualisierten, z. B. gesehen, wann Sie Ihr Ziel erreichen? Heute noch? Morgen? In einer Woche? In wie vielen Monaten oder Jahren hat sich Ihr Wunsch erfüllt? Sie haben an keinen Zeitpunkt gedacht, schade, möglicherweise müssen Sie sehr lange auf das Endergebnis warten. Haben Sie in Ihrer Vorstellung auch den Ort gesehen, an dem Ihr Wunsch in Erfüllung geht? Welche Kleidung haben Sie getragen, und welche Kleidung haben andere Personen

getragen, die eventuell an Ihrem Wunsch beteiligt waren? Waren Sie in einem Gebäude, wenn ja, in welchem Raum? Was ist alles im Raum? Oder waren Sie im Freien? Wie sieht die Landschaft aus? Fragen über Fragen, aber Sie erkennen jetzt, worauf es ankommt. Sie müssen in Ihren magischen Ritualen Ihr Ziel so genau wie möglich beschreiben, um es letztlich auch erfolgreich zu erreichen.
Dieses kleine Beispiel hat uns auch verdeutlicht, daß es am Anfang gar nicht so leicht ist, sich ein richtiges Bild von seinem Ziel zu machen. Jetzt zeigt sich auch, daß falsch praktizierte Rituale von Menschen, die glauben, mal »schnell draufloszaubern« zu können, eigentlich immer zum Scheitern verurteilt sind – ihnen fehlt das genaue Ziel. Lassen Sie sich aber auch nicht abschrecken, denn z. B. mit Meditationen können Sie hervorragend üben, Dinge oder Ereignisse ganz genau zu beschreiben. Meditieren Sie doch mal über Ihren Teppich. Ich meine damit, daß Sie sich ganz entspannt auf Ihren Teppich setzen und ihn »erforschen« – nur mit den Augen lernen Sie ihn kennen und denken über ihn nach. Auf Seite 98 finden Sie die Auflösung, ob Sie Ihren Teppich genau genug »erkannt« haben und ihn beschreiben können.
Sie können jetzt die Meditation machen und dann nachsehen, wie Sie abgeschnitten haben oder Sie praktizieren die Meditation ein anderes Mal und lesen nun einfach auf der nächsten Seite weiter.

Auf der vorhergehenden Seite war vom Scheitern die Rede, und das möchte ich nochmals kurz aufgreifen. Da Sie sich möglicherweise, genauso wie ich, manchmal einen Lottogewinn wünschen, kann ich Ihnen sagen, daß Rituale, die aus Gier oder selbstsüchtigen Motiven heraus praktiziert werden, ebenfalls immer scheitern. Es besteht sogar die Gefahr, daß sich der Wunsch gegen Sie wendet und Sie viel Geld, Gut oder Habe verlieren.
Sollten Sie jedoch in einem finanziellen Engpaß stecken und dringend einen gewissen Geldbetrag brauchen, können Sie sehr wohl Rituale zelebrieren, bei denen Sie aber nur den allernotwendigsten Betrag wünschen sollten und keinen Pfennig mehr. Übrigens, wenn Sie aus tiefstem Herzen einem Fremden, z. B. dem Nachbarn, der um die Ecke wohnt, den besagten Lottogewinn wünschen, wird Ihr Ritual durchaus erfolgreich sein.
Jetzt aber zurück zu dem, was wir brauchen, um erfolgreich magisch zu arbeiten. Wir haben festgestellt, daß ein genaues Ziel notwendig ist, und wie wir diese Genauigkeit erreichen können. Damit haben wir schon einen großen Sprung in Richtung Erfolg getan. Was noch fehlt, ist das »Ambiente«, die entsprechende Stimmung sowie die ganzen Utensilien. Ein Teil dieser Gegenstände wie z. B. Dolch, Magischer Kreis, Salz und diverse Siegel, um nur einige Ritualgegenstände zu nennen, dient dazu, den magisch Arbeitenden vor negativen Einflüssen und Energien zu schützen. Andere Gegenstände, wie z. B. Blumen, Kerzen, Früchte und

Speisen allgemein, gehören auch dazu und werden überwiegend als Opfergabe dargebracht. Ein dritter Teil von Ritualzutaten, wie z. B. Räucherungen, Kerzen, duftende Öle, Edelsteine und teilweise auch Musik usw., haben zum Großteil nur die einzige wichtige Aufgabe, den Praktizierenden einzustimmen, das heißt, aus dem Alltag herauszuheben in einen meditativen oder tranceartigen Zustand, damit er dann, verbunden nur mit der göttlichen Energie, sein Ziel beschreiben und damit erschaffen kann.

Eine Kurzdefinition könnte so lauten: Mit festem Willen, unerschütterlichem Glauben und einem genauen Ziel vor Augen – durch das Ritual befreit vom Alltäglichen – dem göttlichen Energiefluß so nahe zu sein, daß die genaue Beschreibung des Ziels übergeben werden kann, auf daß es Realität werde.

Alle Utensilien sind von Ritual zu Ritual und von Magie zu Magie unterschiedlich. Es gibt viele Arten, die Sie praktizieren können. In der Wicca-Magie, der eine matriarchalische Philosophie zugrunde liegt, wird also die »Weise Ur-Mutter«, die »Weiße Göttin« verehrt. Entwickelt hat sich dieser Glaube vor weit mehr als zweitausend Jahren aus ägyptischen Lehren, die sich über die Jahrhunderte hinweg mit griechischen und römischen Kulten sowie der keltischen Religion vermischten. Dieser Art von Magie, die auch eine sehr naturverbundene ist, stehe ich sehr nahe, und ich habe über die Jahre meinen eigenen Wicca-Stil entwickelt.

Natürlich können Sie auch andere Arten von Magie praktizieren. Voodoo, Schamanismus, kabbalistische oder zeremonielle Magie, Makumba u. v. m. Letztlich werden Sie, wenn Sie magisch arbeiten wollen, Ihren eigenen Weg, sprich Ihre eigene Magie, die Ihnen am besten liegt, finden.
Alle Rituale, die auf den nächsten Seiten folgen, sind ganz individuell auf das Sternzeichen des Löwen abgestimmt. Es werden Zutaten verwendet, die eine Atmosphäre von besonderer Spiritualität erzeugen, die Sie als Löwe-Geborene(n) während Ihres Rituals auf einzigartige Weise der göttlichen Energie näher bringt. Sie können dann Ihren genau definierten Wunsch vortragen, damit er sich erfüllen kann.
Zweifeln Sie niemals, sehen Sie positiv in die Zukunft, und gehen Sie auch positiv Ihren Weg. Lassen Sie sich von kleinen Rückschlägen, wenn z. B. einmal etwas nicht so schnell in Erfüllung geht, nicht abschrecken. Magie ist ein mächtiges Instrument unseres Geistes, und sie wirkt. Das eine oder andere Ritual müssen Sie vielleicht einmal oder sogar mehrmals wiederholen, bis Sie es richtig beherrschen, aber es ist ja bekanntlich noch kein Meister vom Himmel gefallen.
Eines sollten Sie jedoch von Anbeginn berücksichtigen. Es ist das ungeschriebene Gesetz der Weißen Hexen:

»Tue, was du willst, aber schade niemandem!«

Grundsätzliches zu allen Ritualen

Da alle Rituale Zeit und sehr viel Konzentration erfordern, gibt es nichts Schlimmeres, als aus diesem tranceartigen Zustand herausgerissen zu werden. Sie sollten also dafür sorgen, daß Sie während der Rituale nicht gestört werden. Weder durch das Klingeln an der Haustüre noch durch das Telefon oder durch den Ehemann/Freund oder die Kinder sollten Sie während der Zeremonie gestört werden. Sie sollten sich vor jedem Ritual, sei es auch noch so einfach auszuführen, reinigen. Natürlich müssen Sie nicht vor jedem Ritual ein Vollbad nehmen, jedoch sollten Sie immer Ihr Gesicht, Ihre Hände und den Körper mit Salzwasser besprenkeln. Bei den großen Ritualen empfehle ich Ihnen, das rituelle Reinigungsbad so zu vollziehen, wie ich es auf Seite 52 beschrieben habe.

Ein besonders wichtiger Punkt ist auch, daß Sie sich und Ihr Ritual vor negativen Energien und Einflüssen, Dämonen und Verfluchungen schützen. So sollte, je nach Ritual, das Ziehen der anrufenden oder bannenden Pentagramme, das Auslegen eines sogenannten Magischen Kreises und das Anrufen der Wächter ein fester Bestandteil vor Ihrem eigentlichen Ritual sein. Wie man die Pentagramme zieht, lesen Sie ab Seite 96.

Bei den Ritualen in diesem Buch sind Schutzmaßnahmen notwendig. Lassen Sie sich bitte nicht täuschen, und glauben Sie auch nicht, daß der Schutz bei dem einen oder anderen Ritual nicht so wichtig wäre, weil ich ihn bei diesen Ritualen nur mit einem oder zwei Sätzen beschrieben habe oder weil es ein kurzes Ritual ist.

Vor allen Ritualen sind umfangreiche Schutzvorkehrungen zu treffen!

Auch sollten Sie sich bei jedem Ritual ehrfurchtsvoll und mit dem angebrachten Respekt, aber auch mit Vertrauen und Zuversicht dem Altar nähern und sich wieder von diesem entfernen. Da in einem Buch nichts langweiliger ist, als ständige Wiederholungen, habe ich dies, genauso wie die sich wiederholenden Schutzvorbereitungen, bei den Ritualen nicht immer wieder neu beschrieben und angeführt. Dennoch sollten Ihnen eine entsprechende Annäherung und Entfernung in Fleisch und Blut übergehen und bei jedem Ritual praktiziert werden. Einen weiteren Grundsatz sollten Sie stets beherzigen, nämlich den, mit niemandem über Ihre magische Arbeit zu sprechen. Schweigen ist hier eigentlich der beste Schutz, damit kein anderer Ihre magische Arbeit zerstören kann. Stellen Sie sich nur vor, daß derjenige, mit dem Sie über Ihre magische Arbeit gesprochen haben, ständig daran denkt und seine möglicherweise negativen Gedanken in Ihr Ritual einfließen läßt. Außerdem können Sie nie hundertprozentig sicher sein, daß die Person, mit der Sie über das Ritual gesprochen haben, ihr Wissen nicht doch irgendwann dazu benutzt, Ihnen vielleicht sogar zu schaden.

Grundsätzliches über Gesundheitsrituale

Ganz allgemein möchte ich Ihnen sagen, daß alle in diesem Buch vorgestellten Gesundheitsrituale sehr wirksam sind, jedoch ersetzen sie nicht die Diagnose und die anschließende Behandlung durch Ihren Arzt, Heilpraktiker oder Psychotherapeuten. Diese Rituale sollten Sie immer unterstützend zur ärztlichen Behandlung anwenden.

Ich wünsche Ihnen Mut und Kraft, daß Sie die Ursachen, vielleicht auch die psychischen, Ihrer Beschwerden oder Leiden erkennen und annehmen, denn dann brauchen Sie möglicherweise nicht an Symptomen herumzudoktern, sondern können sich ganz der Ursache widmen, sie ins Positive ändern und somit Ihre Krankheit auflösen.

Megalithsteine von Stonehenge

Stonehenge war eine große Sakralstätte und Sternwarte. An diesem heiligen Kraftplatz wurden nicht nur besondere Feste gefeiert und Rituale zelebriert, sondern natürlich auch die Stellungen der Planeten berechnet. Zu bestimmten Zeiten wie z. B. den Tagundnachtgleichen oder den Sonnenwenden kann man den Sonnenstand immer an einer bestimmten Stelle der Steinformation erkennen. In neuerer Zeit hat eine Gruppe von etwa 200 Druiden wieder die offizielle Erlaubnis erhalten, den inneren Kreis von Stonehenge für besondere Feste und Rituale zu betreten. Das Gelände mit den imposanten Steinen ist normalerweise für Besucher nicht zugänglich, sondern nur aus einiger Entfernung zu besichtigen.

Auch in Deutschland gibt es Kraftplätze. Ein besonderer, der ebenfalls als Kultstätte und Sternwarte genutzt wurde – und auch wieder genutzt wird – liegt bei Horn, nahe Detmold im Teutoburger Wald. Es sind die ***Externsteine****, eine Felsformation, von der nicht nur indianische Schamanen bei einem Besuch sagten, daß es ein »ausgesprochen starker Platz« ist. Besonders bemerkenswert ist auch die Tatsache, daß die Externsteine auf dem 52. Breitengrad liegen, auf dem man auch Stonehenge und andere Kraftplätze findet. 52 Grad ist auch das Winkelmaß der Cheops-Pyramide – kann das Zufall sein?*

Teil VI
Die Rituale des Löwen

Rituelles Bad für das Feuerzeichen Löwe

Dauer des Bades: ca. 15-20 Minuten

Lassen Sie warmes, aber nicht zu heißes Wasser in die Wanne laufen, geben Sie dann eine Handvoll Meersalz und sieben Tropfen Rosenöl hinzu.
Legen Sie sich nun ganz entspannt in die Wanne und schließen Sie Ihre Augen. Atmen Sie siebenmal ganz ruhig ein und aus. Spüren Sie, wie sich jeder Muskel lockert und Sie immer leichter und leichter werden. Fast schwerelos treibt Ihr Körper im Wasser und Sie fühlen ganz deutlich, wie sich alle störenden Gedanken auflösen und vollkommene Harmonie zurückbleibt. Visualisieren Sie einen weißen Ball. Dieser Ball ist Liebe pur. Mit jedem Atemzug saugen Sie diese Liebe in sich hinein. Überall in Ihrem Körper verteilt sich nun das weiße Licht der Liebe und Leidenschaft. Sie fühlen ganz deutlich, mit welcher Macht sich diese Liebe in Ihrem Körper ausbreitet. Glücksgefühle durchströmen Ihren Körper. Wenn Sie das Gefühl haben, daß Sie eins sind mit diesem Gefühl der Liebe und des Glücks, dann steigen Sie aus der Wanne und trocknen sich ab. Ziehen Sie sich etwas Leichtes an, das Sie nicht einengt, am besten ein Wickeltuch aus Seide, in der entsprechenden Farbe des Rituals, das Sie anschließend praktizieren wollen.

Liebeszauber für den Löwen

Für dieses Ritual benötigen Sie folgende Zutaten: Eine rote Altardecke, einen Bergkristall, sieben Türkise, ein rotes Stoffsäckchen, eine rote Paarkerze, zwei weiße Altarkerzen, eine kleine Schale für die Weihrauchmischung, getrocknete Blütenblätter von sieben roten Rosen, ein Bild von dem/der Liebsten, ein ca. 10 x 10 cm großes Stück Hautpergament, ein Fläschchen Liebesöl, einen Federhalter mit Schreibfeder, ein Fläschchen Drachenbluttinte, zwei Rosenräucherstäbchen, eine Schüssel mit Heiligem Wasser, ein Päckchen Streichhölzer, einen Zahnstocher, eine Räucherschale, gefüllt mit etwas Sand, ein Stück Räucherkohle sowie eine besondere Räuchermischung die speziell für das Liebesanliegen des Löwen gemischt wird. Diese können Sie ohne Probleme selbst machen. Nehmen Sie hierzu einen Teelöffel Sandelholz, zwei gestrichene Teelöffel Moschuskörner, einen gestrichenen Teelöffel Myrrhe, einige getrocknete Blütenblätter einer roten Rose, einen gestrichenen Teelöffel Rosmarin und einen gestrichenen Teelöffel Weihrauch.

Die groben Zutaten wie Weihrauch, Rosmarin oder Moschuskörner sollten Sie etwas zerkleinern. Am besten geht das in einem Mörser, in den Sie nach und nach alle Räucherzutaten geben und zu einer gut streubaren Mischung verarbeiten. Übrigens, das was von Ihrer fertigen Mischung nach dem Ritual übrigbbleibt, können Sie in einem luftdichten Gefäß für ein weiteres Liebesritual aufbewahren.

Ritualvorbereitung

Für dieses Ritual sollten Sie Ihren Altar so im Zimmer aufbauen, daß er im Süden steht. Wenn Sie dann später Ihr Ritual vollziehen, stellen Sie sich so vor den Altar, daß Sie nach Süden sehen.
Breiten Sie die rote Altardecke über Ihren Ritualtisch aus und stellen Sie die beiden weißen Altarkerzen links und rechts oben auf Ihren Altar. Vor jede dieser beiden Altarkerzen plazieren Sie ein Rosenräucherstäbchen. Reinigen Sie den Bergkristall mit etwas Heiligem Wasser und legen Sie ihn anschließend in die Mitte Ihres Altars. Ritzen Sie nun mit dem Zahnstocher in die Paarkerze:

Ihren Namen und Ihr Geburtsdatum

oder wenn Sie für andere arbeiten

den Namen und das Geburtsdatum der ersten Person

sowie

den Namen und das Geburtsdatum Ihrer/Ihres Liebsten

oder statt dessen

den Namen und das Geburtsdatum der zweiten Person.

Stellen Sie dann diese Paarkerze hinter den Bergkristall. Die Räucherschale plazieren Sie links ne-

ben die Paarkerze. Die Schale mit der Weihrauchmischung stellen Sie vor die Räucherschale. Verteilen Sie die Rosenblätter kreisförmig um die Paarkerze und den Edelstein herum. Jetzt nehmen Sie den Federhalter zur Hand und schreiben mit der Drachenbluttinte Ihren Wunsch auf das Hautpergament. Lassen Sie die Tinte trocknen. Legen Sie dann das Pergament zusammen mit dem Bild Ihrer/Ihres Liebsten (bzw. Ihres Kunden) rechts neben die Paarkerze. Plazieren Sie die Schale mit dem Heiligen Wasser rechts unten auf den Altar. Die sieben Türkise reinigen Sie ebenfalls und legen sie in die linke untere Ecke Ihres Altars. Begeben Sie sich zum rituellen Bad, um sich zu reinigen und auf das bevorstehende Liebesritual vorzubereiten.
Nachdem Sie das rituelle Bad vollzogen haben, begeben Sie sich nackt oder in angenehme rote Kleidung oder Tücher gehüllt zu Ihrem Ritualtisch.

Das Ritual

Bevor Sie beginnen, besprenkeln Sie Ihren Altar mit etwas Heiligem Wasser und sprechen dabei:

»Gesäubert, gereinigt und geschützt sei nun dieser geheiligte Ort.«

Nun sollten Sie sich und Ihr Ritual schützen. Ziehen Sie hierfür den Schutz-Kreidekreis so, wie ich es auf Seite 95 beschrieben habe.

Reiben Sie jetzt die Paarkerze kräftig mit dem Liebesöl ein und stellen Sie diese zurück auf ihren Platz. Verweilen Sie nun einige Minuten vor Ihrem Altar und lassen Sie diesen Ort der Liebe auf sich wirken. Versuchen Sie dabei, sich zu entspannen, und nach einiger Zeit, wenn Sie sich gut und zufrieden fühlen, beginnen Sie mit Ihrem Ritual. Zünden Sie mit dem Streichholz die Kohletablette an, und warten Sie, bis diese richtig glüht. Geben Sie dann einen gestrichenen Teelöffel der Weihrauchmischung auf die glühende Kohle. Während der Duft des Weihrauches emporsteigt, sehen Sie geradeaus in Richtung Süden und sprechen mit seitlich ausgebreiteten Armen und nach oben zeigenden Handflächen:

»Wächter des Südens, Ihr Wächter des Feuers, öffnet Eure Tore und laßt Aradia, die Göttin der Liebe, hindurch.«

Geben Sie erneut etwas Weihrauchmischung auf die Kohle und rufen Sie in Anrufungshaltung Richtung Süden:

»Aradia, oh, Du Göttin der Weisheit, Liebe und Leidenschaft, ich, ... (sagen Sie Ihren Namen), rufe Dich und bitte um Erfüllung meines innigsten Wunsches.«

Zünden Sie nun die beiden Altarkerzen und die Rosenräucherstäbchen an, und sagen Sie mit vor der Brust überkreuzten Armen:

»Ihr Wesenheiten des Feuers, eilt in Liebe zu mir und schützt dieses Ritual, das in Liebe zelebriert wird.«

Geben Sie wieder etwas Weihrauchmischung auf die Kohle, und entzünden Sie anschließend die Paarkerze. Sagen Sie mit ausgebreiteten Armen:

»Sieh, Du Göttin der Liebe, dieses Paar ist nicht aus Wachs, sondern aus Fleisch und Blut. Menschliche Schwächen ziehen durch ihre Leiber, und Leidenschaft zieht wie Feuer durch ihre Adern. In Liebe sind die beiden verbunden. Weder Streit noch Leid kann diese beiden menschlichen Wesen trennen. Was durch Liebe und Macht der Göttin zusammenfindet, wird nie entzweit. So sei es ab sofort.«

Heben Sie nun den Bergkristall mit der linken Hand hoch über den Altar und rufen Sie:

»Alle Macht der Liebe herbei! Geladen mit der göttlichen Kraft der Liebe sei nun dieser Bergkristall. Wann immer mein(e) Liebste(r) (bzw. Name der zweiten Person) ihn berührt, fließt mehr Leidenschaft durch seinen/ihren Körper, und Liebe zu mir (bzw. Liebe zu ... Name der ersten Person) wird weiter entfacht und kehrt in ihr/sein (bzw. Name der zweiten Person) Herz ein.«

Legen Sie den Bergkristall nun zurück auf den Altar, nehmen Sie die Türkise in die linke Hand und rufen Sie erneut:

»Aradia, lade diese Steine auf mit Deiner Kraft der Liebe und Leidenschaft, so sei es ab sofort.«

Legen Sie auch die Türkise zurück auf den Altar. Geben Sie nochmals etwas von der Weihrauchmischung auf die glühende Kohle. Nehmen Sie dann das Hautpergament und führen Sie es siebenmal durch den aufsteigenden Rauch des Weihrauches. Dabei sagen Sie siebenmal Ihren Wunsch, den Sie zu Beginn mit der Drachenbluttinte auf das Pergament geschrieben haben. Nach dem siebten Mal beenden Sie Ihren Wunsch mit:

»So sei es!«

Legen Sie nun das Hautpergament ebenfalls zurück auf den Altar. Geben Sie abschließend noch etwas Räucherung auf die Kohle und lassen Sie alle Kerzen und Räucherungen vollständig abbrennen. Anschließend füllen Sie das Pergament, das Bild Ihres/Ihrer Liebsten (bzw. der zweiten Person), einige Rosenblütenblätter sowie die Türkise in das rote Stoffsäckchen. Dieses Säckchen müssen Sie so lange in der Nähe Ihres/Ihres Liebsten (bzw. bei der zweiten Person) verstecken, bis sich Ihr Wunsch erfüllt hat. Den Bergkristall schenken Sie Ihrer/ Ihrem Liebsten (bzw. muß die erste Person ihn der zweiten Person schenken). Alle anderen Ritualreste vergraben Sie an einem Freitag zur Mondzeit, jedoch vor Mitternacht, unter einem Rosenbusch. Wenn sich Ihr Wunsch erfüllt hat, vergraben Sie das Stoffsäckchen ebenfalls unter demselben Rosenbusch, auch an einem Freitag zur Mondzeit vor Mitternacht.

Treueritual für den Löwen

Für dieses Ritual benötigen Sie folgende Zutaten: Eine rosafarbene Altardecke, zwei weiße Altarkerzen, ein Bild der Person, die zur Treue bewegt werden soll, ein Fläschchen Treueöl, eine Schale mit Salzwasser, ein Schälchen für die Weihrauchmischung, einen Teelöffel, eine Räucherschale mit etwas Sand gefüllt, ein Stück Räucherkohle, ein Fläschchen Heiliges Wasser, einen wasserfesten Filzschreiber, Zündhölzer und einen Zahnstocher. Je nach Geschlecht der Person, die zur Treue bewegt werden soll, benötigen Sie eine spezielle Personenkerze. Bei einem Mann benötigen Sie eine rote männliche, bei einer Frau eine rote weibliche Personenkerze sowie eine besondere Räuchermischung, die speziell für das Treueritual des Löwen gemischt wird. Sie wissen ja schon, daß Sie das ohne Probleme selbst machen können. Nehmen Sie hierzu einen Teelöffel Sandelholz, zwei gestrichene Teelöffel Moschuskörner, einen gestrichenen Teelöffel Zimt, einen Teelöffel Lindenblüten, und einem gestrichenen Teelöffel Beifuß. Die groben Zutaten wie Moschuskörner, Beifuß oder Lindenblüten sollten Sie etwas zerkleinern. Am besten geht das in einem Mörser, in den Sie nach und nach alle Räucherzutaten geben und zu einer gut streubaren Mischung verarbeiten. Was von Ihrer fertigen Mischung nach dem Ritual übrigbleibt, können Sie in einem luftdichten Gefäß für ein weiteres Treueritual aufbewahren.

Ritualvorbereitung

Legen Sie die rosafarbene Decke über Ihren Altar und plazieren Sie die beiden weißen Altarkerzen links und rechts oben auf Ihren Altar. Ritzen Sie nun mit dem Zahnstocher in die Personenkerze:

den Namen und das Geburtsdatum der zur Treue zu bewegenden Person

sowie

Tiefes Begehren brennt in Deinem Herzen, sobald Du mich, ... (schreiben Sie Ihren Namen), erblickst. Andere Frauen/Männer sind Dir völlig gleichgültig. Dein Herz schlägt nur für mich in Liebe und Leidenschaft. So sei es.

Plazieren Sie die Kerze in die Mitte Ihres Altars. Die Räucherschale stellen Sie dahinter. Nehmen Sie nun das Bild der Person, die zur Treue bewegt werden soll, zur Hand. Mit dem Filzschreiber schreiben Sie auf die Rückseite:

den Namen und das Geburtsdatum der Person.

Anschließend legen Sie das Foto links unten auf Ihren Altar. Die Schale mit dem Salzwasser stellen Sie in die rechte untere Altarecke. Das Fläschchen mit dem Heiligen Wasser plazieren Sie hinter das Bild, und das Treueöl stellen Sie davor. Die Schale mit der Räuchermischung und dem Teelöffel stellen Sie rechts neben die Räucherschale.
Begeben Sie sich nun zum rituellen Bad, um sich selbst zu reinigen. Nachdem Sie das rituelle Bad vollzogen haben, gehen Sie entweder nackt oder in angenehme rosafarbene Kleidung oder auch Tücher gehüllt zu Ihrem Ritualtisch.

Das Ritual

Bevor Sie mit dem eigentlichen Zeremoniell beginnen, reinigen Sie noch den Altar. Beträufeln Sie ihn und alle Utensilien mit etwas Heiligem Wasser und sprechen Sie dabei:

»Gesäubert, gereinigt und geschützt sei nun dieser geheiligte Ort.«

Jetzt sollten Sie sich und Ihr Ritual schützen. Ziehen Sie hierfür den Schutz-Kreidekreis so, wie ich es auf Seite 95 beschrieben habe. Sie können natürlich auch andere Schutzmaßnahmen ergreifen, z. B. die anrufenden Pentagramme ziehen, die Wächter

der Elemente rufen oder einen sogenannten Magischen Kreis auslegen. Reiben Sie die Kerze und anschließend auch das Bild mit dem Treueöl ein, und stellen Sie beides zurück auf seinen Platz.
Zünden Sie nun die Räucherkohle an, und legen Sie diese auf den Sand im Kessel. Warten Sie einen Augenblick, bis die Kohle richtig glüht, und geben Sie dann etwas von der Räuchermischung »Treue-Löwe« darauf. Rufen Sie jetzt mit seitlich ausgebreiteten Armen und offenen, nach oben zeigenden Handflächen:

»Ihr Wesenheiten der Liebe, der Lust und der Leidenschaft, ich, ... (sagen Sie Ihren Namen), rufe Euch herbei. Eilt, eilt zu mir in meine Mitte und schützt dies Ritual der Treue.«

Streuen Sie wiederum etwas Räuchermischung auf die glühende Kohle. Besprenkeln Sie anschließend nochmals den gesamten Altar mit etwas Heiligem Wasser und sagen Sie dabei:

»Geheiligt sei nun diese Stätte der Liebe und Treue. So sei es.«

Entzünden Sie nun auch die beiden weißen Altarkerzen und sagen Sie in singendem Ton:

»Diana, weise Göttin, erscheine hier und erhöre mein Flehen.«

Geben Sie erneut etwas Räuchermischung auf die Kohle. Zünden Sie nun auch die Personenkerze an und rufen Sie:

»So wie diese Personenkerze brennt, so lodert die Leidenschaft in den Adern von ... (sagen Sie den Namen der Person, die zur Treue bewegt werden soll). Er/Sie hat nur noch Augen für mich. Andere Frauen/Männer interessieren ihn/sie überhaupt nicht. ... (Sagen Sie den Namen der Person) ist mir treu aus tiefstem Herzen. So sei es ab sofort.«

Geben Sie nun nochmals etwas Räucherung auf die Kohle. Nehmen Sie das Bild, halten Sie es in den aufsteigenden Rauch und sagen Sie zum Abschluß noch einmal:

»Sieh, Diana, der heilige Rauch umhüllt ... (sagen Sie den Namen der Person) wie ein Nebel. Er erkennt fremde Verlockungen nicht mehr. So sei es ab sofort.«

Bedanken Sie sich und verabschieden Sie sich von den Wesenheiten und der Göttin Diana. Lassen Sie alle Kerzen und Räucherungen ganz abbrennen und vergraben Sie alle Reste zusammen mit dem Bild an einem Montag zur Mondzeit zwischen Sonnenaufgang und Mitternacht unter einem Rosenstrauch. Gehen Sie, wann immer Sie wollen, zu diesem Rosenstrauch und denken Sie in Liebe und Zärtlichkeit an Ihre/n Partner/in und seien Sie gewiß, daß die Treue tief in seinem/ihrem Herzen verankert ist.

Artemis, die griechische Göttin der Jagd. Bei den Römern hieß sie Diana, »Himmelskönigin«, und wurde in drei verschiedenen Gestalten verehrt:
1. Mondjungfrau,
2. Mutter sämtlicher Geschöpfe und 3. Jägerin. Die Verehrung der Diana war in vorchristlicher Zeit so verbreitet, daß diese von den Christen zur »Königin der Hexen« ernannt wurde, um dadurch die Zerstörung der Dianatempel zu rechtfertigen.
Nach Venantius wurde z. B. in Vernemeton - das ist ein gallischer Name, der »Großes Heiligtum« bedeutet – der Göttin Diana gehuldigt. Ungefähr vom 5. bis zum 7. Jahrhundert war sie in Gallien die höchste Gottheit. Ihr Geist wurde in einem abgeschnittenen Ast oder Zweig verehrt. Es gab auch sogenannte Waldaltare – das waren Baumstümpfe, die als Altar hergerichtet wurden – zu Ehren Dianas. Hier wurde sie als Jägerin verehrt, und im gesamten Mittelalter war sie die Herrin und Hüterin der dichten Wälder Europas. In der bosnisch-kroatischen Heimat meiner Eltern und Großeltern ist sie als Mond- und Waldgöttin »Diiwica« bekannt. Übersetzt, im allgemeinen Sprachgebrauch, heißt »Diiwica« Jungfrau. Mir persönlich fällt eine andere Wortkombination auf: »Dii Wica« könnte auch »Dia Wicca« – Göttin der Wicca – heißen.*

*****Venantius** *– Bischof von Poitiers, sein ganzer Name war Venantius Honorius Clementianus Fortunatus. Er war im 6. Jahrhundert nicht nur Bischof, sondern auch Dichter. In Frankreich wird er noch heute als Heiliger verehrt.*

Trennungsritual für den Löwen

Mit diesem Ritual können Sie sich nicht nur von Ihrem Ehepartner oder Freund, sondern auch von einem Geschäftspartner trennen.

Für dieses Ritual benötigen Sie folgende Zutaten: Eine schwarze Altardecke, eine schwarze Schlangenkerze, zwei weiße Altarkerzen, ein Fläschchen Trennungsöl, ein Schälchen für die Weihrauchmischung, einen Teelöffel, einen Räucherkessel, gefüllt mit etwas Sand, ein Stück Räucherkohle, ein Bild der Person, von der Sie sich trennen möchten, Zündhölzer, Zahnstocher, einen wasserfesten Filzschreiber, eine Schale mit Salzwasser sowie eine selbstgemachte Räuchermischung »Saturn-Löwe«. Nehmen Sie hierzu einen Teelöffel Myrrhe, zwei gestrichene Teelöffel Salbei, einen gestrichenen Teelöffel roten Pfeffer, einen gestrichenen Teelöffel Teufelsdreck, einen gestrichenen Teelöffel Drachenblut (Vorsicht, reizend!) und einen gestrichenen Teelöffel Wermut. Die groben Zutaten sollten Sie etwas zerkleinern. Am besten geht das in einem Mörser, in den Sie nach und nach alle Räucherzutaten geben und zu einer gut streubaren Mischung verarbeiten. Was von Ihrer fertigen Mischung nach dem Ritual übrigbleibt, können Sie in einem luftdichten Gefäß für ein weiteres Trennungsritual aufbewahren.

Ritualvorbereitung

Legen Sie zuerst die schwarze Decke über Ihren Altar und plazieren Sie die beiden Altarkerzen links und rechts oben auf Ihren Ritualtisch. Den Räucherkessel stellen Sie in die Mitte des Altars, das Schälchen mit der Räuchermischung legen Sie davor. Ritzen Sie dann in die Schlangenkerze:

den Namen und das Geburtsdatum der Person, von der Sie sich trennen möchten.

Stellen Sie die Kerze sodann hinter den Räucherkessel. Nehmen Sie das Bild der Person, von der Sie sich trennen, zur Hand und schreiben Sie mit dem Filzschreiber auf die Rückseite:

den Namen und das Geburtsdatum der Person.

Legen Sie es vor den Räucherkessel. Die Schale mit dem Salzwasser plazieren Sie rechts unten auf den Altar, und das Fläschchen mit dem Trennungsöl stellen Sie davor. Legen Sie auch alle anderen Utensilien griffbereit. Ihr Altar ist nun soweit fertiggestellt. Bereiten Sie sich jetzt selbst vor, indem Sie das rituelle Bad nehmen, sich dabei reinigen und auf Ihr bevorstehendes Zeremoniell besinnen. Trocknen Sie sich ab und gehen Sie dann entweder nackt oder in schwarze Gewänder oder Tücher gewickelt zum Ritualtisch zurück.

Das Ritual

Begeben Sie sich nun zu Ihrem Altar und reinigen Sie ihn. Dazu beträufeln Sie diesen und alle anderen Gegenstände mit etwas Salzwasser. Während Sie dies tun, sagen Sie:

»Gereinigt und geweiht sei diese Stätte. So sei es im Namen Karnaynas.«

Jetzt treffen Sie mindestens eine Schutzmaßnahme für sich selbst und Ihr Ritual. Ziehen Sie hierfür den Schutz-Kreidekreis so, wie ich es auf Seite 95 beschrieben habe. Sie können natürlich auch andere Schutzmaßnahmen ergreifen, z. B. die bannenden Pentagramme ziehen, die Wächter der Elemente rufen oder einen sogenannten Magischen Kreis auslegen.
Nehmen Sie die Schlangenkerze und reiben Sie diese gut mit dem Trennungsöl ein, anschließend stellen Sie sie wieder auf ihren Platz. Auch das Bild reiben Sie kräftig mit Trennungsöl ein und legen es zurück. Zünden Sie nun die Räucherkohle an und legen Sie diese auf den Sand im Räucherkessel. Warten Sie einen Augenblick, bis die Kohle richtig glüht und geben Sie dann etwas von Ihrer selbst zubereiteten Räuchermischung »Saturn-Löwe« darauf. Wenden Sie sich nun nach Osten und rufen Sie mit seitlich ausgebreiteten Armen und offenen, nach oben zeigenden Handflächen:

»Ihr großen Wächter des Ostens, öffnet Eure Tore und laßt den mächtigen Gott hindurch.«

Wenden Sie sich nun nach Süden und sagen Sie:

»Ihr großen Wächter des Südens, öffnet Eure Tore und laßt den mächtigen Gott hindurch.«

Wenden Sie sich nach Westen und sagen Sie ebenfalls:

»Ihr großen Wächter des Westens, öffnet Eure Tore und laßt den mächtigen Gott hindurch.«

Wenden Sie sich nun abschließend nach Norden und sprechen Sie ein letztes Mal:

»Ihr großen Wächter des Nordens, öffnet Eure Tore und laßt den mächtigen Gott hindurch.«

Geben Sie anschließend wieder etwas Räuchermischung »Saturn-Löwe« auf die glühende Kohle. Zünden Sie die beiden weißen Altarkerzen an und rufen Sie wieder mit seitlich ausgebreiteten Armen:

»Karnayna, ich, ... (sagen Sie Ihren Namen), rufe Dich. Eile herbei und erscheine hier in meiner Mitte.«

Entzünden Sie nun die Schlangenkerze und geben Sie erneut etwas Räuchermischung auf die Kohle. Nehmen Sie die Anrufungshaltung ein, Ihre Arme seitlich vom Körper weggestreckt, die Hände offen und die Handflächen nach oben zeigend. Sagen Sie nun:

»Karnayna, hör mich an! Laß die Liebe von ... (sagen Sie den Namen der Person, von der Sie sich trennen möchten) zu mir erkalten. Sie/Er soll weder Ruh' noch Schlaf finden, bis sich unsere Wege getrennt haben. Sieh, Karnayna, so wie diese Schlange in der Flamme schmilzt und sich auflöst, so löst sich auch seine/ihre Liebe zu mir auf. So sei es.«

Geben Sie nun nochmals etwas Räuchermischung auf die Kohle und geben Sie das Bild ebenfalls hinzu. Sprechen Sie jetzt:

»Karnayna, sieh! So wie dieses Bild sich auflöst und im Rauch verschwindet, so löst sich die Liebe zu mir von ... (sagen Sie den Namen der Person, von der Sie sich trennen möchten) auf und verschwindet für alle Zeit. So sei es ab sofort.«

Bedanken Sie sich, verabschieden Sie sich dann von Karnayna und den Wächtern und lassen Sie alle Kerzen und Räucherungen vollständig abbrennen. Vergraben Sie dann alle Ritualreste an einem Donnerstag zur Saturnzeit (00.00 Uhr) an einer Straßengabelung. Wenn Sie alles vergraben haben, gehen Sie nach Hause, ohne sich nochmals umzudrehen.

Abwehrritual für den Löwen

Für dieses Ritual benötigen Sie folgende Zutaten: Eine schwarze Ritualdecke, zwei schwarze Altarkerzen, eine dreifache Schlangenkerze mit einer feuerfesten Untersetzschale, eine Räucherschale, gefüllt mit etwas Sand, ein Stück Räucherkohle, eine Schale für die Räuchermischung, neun Stecknadeln mit schwarzen Köpfchen, einen Teelöffel, eine Schale mit Salzwasser, Zündhölzer, einen Zahnstocher, eine selbstgefertigte Paste bestehend aus zwei Teelöffeln Drachenblut (Vorsicht, reizend!), einem Teelöffel Teufelsdreck und etwas Pflanzenöl (nur wenige Tropfen Öl beimischen, bis ein streichfester Brei entsteht), eine Schale für die Abwehrpaste sowie die selbst hergestellte Räuchermischung »Saturn-Löwe«. Nehmen Sie hierzu einen Teelöffel Myrrhe, zwei gestrichene Teelöffel Salbei, einen gestrichenen Teelöffel roten Pfeffer, einen gestrichenen Teelöffel Teufelsdreck, einen gestrichenen Teelöffel Drachenblut (Vorsicht, reizend!) und einen gestrichenen Teelöffel Wermut. Dies ist die gleiche Mischung, die wir schon vom Trennungsritual kennen. Natürlich müssen Sie auch hier die groben Zutaten etwas zerkleinern, am besten in einem Mörser. Geben Sie nach und nach alle Räucherzutaten hinein und verarbeiten Sie diese zu einer gut streubaren Mischung. Was von Ihrer fertigen Mischung nach dem Ritual übrigbleibt, können Sie in einem luftdichten Gefäß für ein weiteres Abwehrritual aufbewahren.

Ritualvorbereitung

Legen Sie die schwarze Ritualdecke auf Ihren Tisch und plazieren Sie die beiden schwarzen Altarkerzen links und rechts oben auf Ihren Altar. Ritzen Sie nun mit dem Zahnstocher folgendes, am besten in Hexenschrift, so wie ich sie kenne und schreibe, in die dreifache Schlangenkerze:

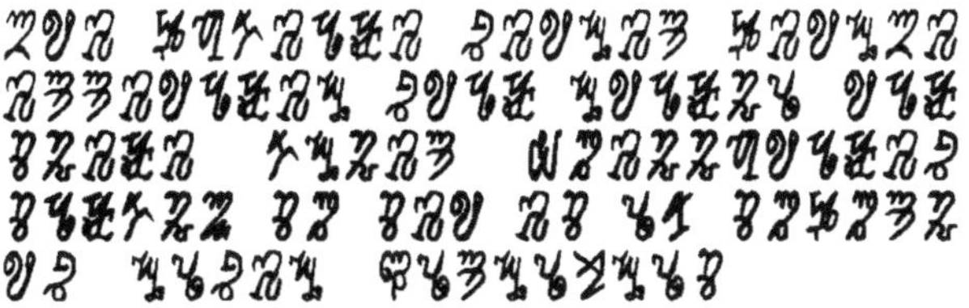

Auch wenn Sie glauben, daß Sie das nicht schaffen, versuchen Sie es bitte trotzdem. Durch Ihre erhöhte Konzentration hierauf wird die Wirkung noch größer sein! Übersetzt heißt der Text:

Die Flüche meiner Feinde erreichen mich nicht. Ich stehe unter göttlichem Schutz. So sei es ab sofort im Namen Karnaynas.

Reiben Sie die Kerze anschließend mit der Abwehrpaste ein und spicken Sie jeden Schlangenkopf mit drei Stecknadeln. Plazieren Sie die Kerze nun in die Mitte Ihres Altares, vergessen Sie die feuerfeste Unterschale nicht. Den Räucherkessel stellen Sie vor die dreifache Schlangenkerze, und die Schale mit der Räuchermischung stellen Sie rechts daneben. Die Schale mit dem Salzwasser stellen Sie rechts vorne auf Ihren Ritualtisch. Die anderen Utensilien legen Sie auch griffbereit. Betrachten Sie nun nochmals den gesamten Altar und lassen Sie ihn etwas auf sich wirken. Wenn soweit alles zu Ihrer Zufriedenheit gerichtet ist, können Sie sich selbst vorbereiten und reinigen, indem Sie das rituelle Bad vollziehen.

Das Ritual

Nach Ihrer eigenen Reinigung trocknen Sie sich gut ab und gehen entweder nackt oder in angenehme schwarze Gewänder oder Tücher gewickelt zu Ihrem Altar. Besprenkeln Sie nun den gesamten Ritualtisch mit etwas Salzwasser, sprechen Sie dabei:

»Hiermit reinige und segne ich diesen Altar. So sei es.«

Um sich selbst und Ihr Ritual zu schützen, sollten Sie zumindest den Schutz-Kreidekreis so ziehen, wie ich es auf Seite 95 beschrieben habe. Sie können natürlich auch andere Schutzmaßnahmen ergreifen, wie z. B. die bannenden Pentagramme ziehen, die Wächter der Elemente rufen oder einen sogenannten Magischen Kreis auslegen.
Zünden Sie nun die Räucherkohle an und legen Sie diese auf den Sand in der Räucherschale. Warten Sie einen Moment, bis die Kohle richtig glüht, dann geben Sie etwas von Ihrer selbstgefertigten

Räuchermischung darauf. Rufen Sie dann in der schon beschriebenen Anrufungshaltung:

»Ihr Wesenheiten des Feuers, herbei geschwind, verbrennt des Feindes Fluch. Ihr Wesenheiten des Wassers, herbei geschwind, spült hinweg von mir alles Böse. Eure Wellen ertränken die Flüche des Bösen. Ihr Wesenheiten der Luft, herbei geschwind, und fegt hinweg die Flüche. Ihr Wesenheiten der Erde, herbei geschwind, und begrabt die Flüche der Feinde. So sei es mit aller Kraft des Feuers, des Wassers, der Luft und der Erde.«

Geben Sie jetzt wieder etwas Räuchermischung auf die glühende Kohle und entzünden Sie auch die beiden schwarzen Altarkerzen. Rufen Sie mit ausgebreiteten Armen:

»Ihr mächtigen Wesenheiten, hört, was ich sage. Unrecht wurde mir angetan. Meine Feinde versuchen, mich mit bösen Flüchen zu vernichten.«

Geben Sie nun erneut etwas Räuchermischung auf die Kohle und zünden Sie die dreifache Schlangenkerze an. Rufen Sie wieder in Anrufungshaltung:

»Alle Flüche, alle Lügen und Intrigen erreichen mich nicht. Meine Feinde sind in den Fängen der Schlangen gefangen. Ab sofort sind ihre Flüche ohne Wirkung.«

Geben Sie wieder etwas Räucherung auf die Kohle und setzen Sie sich in entspannter Haltung vor

Ihren Altar. Schauen Sie ganz entspannt in die Flamme der dreifachen Schlangenkerze und visualisieren Sie, wie Ihre Feinde mitsamt allen Verwünschungen von den Schlangen vertrieben werden. Schließen Sie Ihre Augen und fühlen Sie die Erleichterung, die sich in Ihnen ausbreitet. Endlich sind Sie von Ihren Feinden und deren Verleumdungen befreit. Stehen Sie auf und geben Sie zum Abschluß nochmals etwas Räucherung auf die Kohle. Breiten Sie Ihre Arme wieder aus und sagen Sie aus tiefstem Herzen:

»So sei es, im Namen der Wesenheiten, ab sofort.«

Bedanken Sie sich und verabschieden Sie sich mit Ihren eigenen Worten von den Wesenheiten. Lassen Sie alle Kerzen und Räucherungen vollständig abbrennen und werfen Sie alle Ritualreste in ein fließendes Gewässer. Sehen Sie den hineingeworfenen Resten nicht nach, sondern drehen Sie sich sofort um und gehen Sie sicher Ihres Weges. Auch beim Weggehen drehen Sie sich nicht mehr nach den davontreibenden Resten um. Seien Sie ganz gewiß, daß Ihre Feinde gebannt sind.

Schutzritual für den Löwen

Hierfür benötigen Sie folgende Zutaten:
Eine weiße Altardecke, eine weiße Figurenkerze mit feuerfester Unterschale, sieben weiße Altarkerzen, einen Räucherkessel, gefüllt mit etwas Sand, ein Stück Räucherkohle, eine Schale für die Räuchermischung, ein Fläschchen Heiliges Wasser, ein weißes Stoffsäckchen, ein Fläschchen Schutzöl, einen etwa fünf Zentimeter großen schwarzen Turmalin, einen etwa zwei Zentimeter großen schwarzen Turmalin, ein Bild von sich selbst, einen Teelöffel getrockneten Salbei für das Säckchen, einen Zahnstocher, Zündhölzer, einen wasserfesten Filzschreiber sowie die Räuchermischung »Schutz-Löwe«, die Sie selbst herstellen können. Nehmen Sie hierzu einen gestrichenen Teelöffel geschnittenen Rosmarin, drei Teelöffel Olibanum, einen gestrichenen Teelöffel Wacholderbeeren, einen gestrichenen Teelöffel Beifuß, einen gestrichenen Teelöffel geschnittenen Salbei (nicht zu verwechseln mit dem Salbei für das Säckchen!), einen gestrichenen Teelöffel Johanniskraut und einen gestrichenen Teelöffel Wallwurz. Wie man die Zutaten in einem Mörser verarbeitet und für Rituale aufbewahrt, wissen Sie ja bereits.

Ritualvorbereitung

Legen Sie die weiße Altardecke über Ihren Ritualtisch und stellen Sie die mit dem Sand gefüllte Räucherschale in die Mitte. Auf den Sand legen Sie das Stück Räucherkohle. Das Fläschchen mit dem Heiligen Wasser plazieren Sie rechts vorne auf dem Altar. Ritzen Sie nun mit dem Zahnstocher in die weiße Figurenkerze:

Ihren Namen und Ihr Geburtsdatum

sowie

das schützende Licht der Götter umgibt mich.

Plazieren Sie die Kerze hinter die Räucherschale. Stellen Sie nun die sieben weißen Kerzen quer in einer Reihe, das heißt von links nach rechts, hinter der Figurenkerze auf. Die Schale mit der Räuchermischung kommt rechts neben den Räucherkessel. Das Säckchen sowie den Salbei legen Sie vorne auf die linke Seite des Altars. Nehmen Sie nun Ihr Bild zur Hand und schreiben Sie mit dem Filzschreiber auf die Bildrückseite:

Ihren Namen und Ihr Geburtsdatum

Legen Sie es dann links zum Salbei. Jetzt legen Sie noch die beiden schwarzen Turmaline vor die Räucherschale. Betrachten Sie nun nochmals den gesamten Altar und lassen Sie ihn etwas auf sich wirken. Wenn soweit alles zu Ihrer Zufriedenheit gerichtet ist, können Sie sich selbst vorbereiten und reinigen, indem Sie das rituelle Bad vollziehen.

Das Ritual

Begeben Sie sich sodann zu Ihrem Altar. Während Sie ihn mit etwas Heiligem Wasser besprenkeln, sprechen Sie:

»Gereinigt, gesegnet und geschützt ist diese göttliche Stätte.«

Um sich selbst und Ihr Ritual zu schützen, sollten Sie zumindest den Schutz-Kreidekreis ziehen, wie ich es auf Seite 95 beschrieben habe. Sie können natürlich auch andere Schutzmaßnahmen ergreifen, wie z. B. die anrufenden Pentagramme ziehen, die Wächter der Elemente rufen oder einen sogenannten Magischen Kreis auslegen.

Entzünden Sie die Räucherkohle und legen Sie diese auf den Sand in der Räucherschale. Bis die Kohle richtig glüht, nehmen Sie die Figurenkerze, reiben sie ganz mit Schutzöl ein und stellen sie an ihren Platz zurück. Ihr Bild reiben Sie auch mit dem Öl ein und legen es zum Salbei zurück.

Wenn die Kohle richtig glüht, geben Sie etwas von der Räuchermischung darauf und sagen mit ausgebreiteten Armen:

»Ihr Wächter des Windes, des Wassers, des Feuers und der Erde, ich, ... (sagen Sie Ihren Namen), rufe Euch zum Schutze dieses Rituals. Hört meinen Wunsch und öffnet weit Eure Pforten, um den Göttern Einlaß zu gewähren.«

Geben Sie wieder etwas Räucherung auf die Kohle, entzünden Sie anschließend die sieben weißen Kerzen. Wieder in Anrufungshaltung, Ihre Arme seitlich vom Körper weggestreckt, die Hände offen und die Handflächen nach oben zeigend, rufen Sie nun:

»Höre mich, Du mächtige Göttin, und eile herbei. Du, Aradia erscheine nun in meiner Mitte und lege Deinen schützenden Mantel um meinen Körper, um meinen Geist und um meine Seele.«

Geben Sie erneut etwas Räucherung auf die Kohle, entzünden Sie die weiße Figurenkerze, nehmen Sie wieder die Anrufungshaltung ein und rufen Sie:

»Karnayna, Du mächtiger Gott, erscheine hier bei mir und gewähre mir Deinen göttlichen Schutz.«

Wiederum geben Sie etwas Räuchermischung auf die Kohle. Nehmen Sie die zwei schwarzen Turmaline zur Hand. Halten Sie sie in den aufsteigenden Rauch und sagen Sie:

»Alle Macht der Götter nun in diesen Stein. So sei es ab sofort.«

Legen Sie jetzt den großen Turmalin auf Ihren Altar zurück. Den kleinen Turmalin geben Sie in das Stoffsäckchen. Den Salbei geben Sie auch hinein. Streuen Sie wieder etwas Räuchermischung auf die Kohle und halten Sie dann das Bild in den Rauch, wobei Sie sagen:

»Ich, ... (sagen Sie Ihren Namen), bin umgeben von heiligem Rauch, er schützt mich wie ein Schild.«

Geben Sie nun auch das Bild in das Säckchen und verschnüren Sie es mit sieben Knoten. Bei jedem geschnürten Knoten sagen Sie:

»Dieser Talisman wirkt im Namen der mächtigen Götter. So sei es ab sofort.«

Legen Sie nun das Säckchen zurück auf den Altar und sprechen Sie mit ausgebreiteten Armen:

»Hört, Ihr Götter, was ich wünsche, kein Leid kann mich treffen, Flüche und Lügen meiner Feinde erreichen mich nicht. So muß es sein nun ab sofort, weil ich unter Eurem mächtigen Schutze stehe.«

Geben Sie zum Schluß nochmals etwas Räucherung auf die Kohle und lassen Sie alle Kerzen ganz abbrennen. Vergraben Sie am darauffolgenden Tag, jedoch vor Mitternacht, alle Ritualreste unter einem großen Stein. Den großen Turmalin stellen Sie in einem Raum auf, in dem Sie sich lange aufhalten.

In der Regel wird das das Schlafzimmer sein, weil wir hier einige Stunden hintereinander unsere Ruhe finden. Das Säckchen aber soll ab sofort Ihr täglicher Begleiter sein. Versuchen Sie, daß Sie es so oft wie möglich bei sich haben. In der Hand- oder Hosentasche, im Büroschreibtisch oder auch im Handschuhfach Ihres Autos. Achten Sie auf das Säckchen, verlieren Sie es nicht, und es wird Sie so beschützen, wie Sie es sich gewünscht haben.

Gesundheitsritual für den Löwen

Für dieses Ritual benötigen Sie folgende Zutaten:
Eine weiße Figurenkerze mit Kerzenständer, zwei blaue Altarkerzen, jeweils mit Ständer, eine blaue Altardecke, getrocknete Blütenblätter von sieben blauen Rosen, eine Schale mit Salzwasser, eine feuerfeste Schale, mit etwas Sand gefüllt, ein Stück Räucherkohle, eine Schale für die Räuchermischung, ein Fläschchen Gesundheitsöl, Zündhölzer, einen Zahnstocher sowie die Räuchermischung »Gesundheit-Löwe«, die Sie selbst herstellen können. Nehmen Sie hierzu einen gestrichenen Teelöffel Zimt, einen Teelöffel Kamille, zwei Teelöffel Sandelholz, einen gestrichenen Teelöffel Lavendelblüten, einen gestrichenen Teelöffel Amber und einen gestrichenen Teelöffel Melisse.
Wie immer sollten Sie die Zutaten etwas zerkleinern, am besten in einem Mörser. Geben Sie nach

und nach alle Räucherzutaten hinein, und verarbeiten sie alles zu einer gut streubaren Mischung. Was von Ihrer fertigen Mischung nach dem Ritual übrigbleibt, können Sie in einem luftdichten Gefäß für ein weiteres Gesundheitsritual aufbewahren.

Ritualvorbereitungen

Breiten Sie die Altardecke über Ihren Ritualtisch aus und stellen Sie die beiden blauen Altarkerzen links und rechts oben auf Ihrem Altar auf. In die weiße Figurenkerze ritzen Sie mit dem Zahnstocher folgendes:

Ihren Namen und Ihr Geburtsdatum

sowie

Ihren Gesundheitswunsch.

Plazieren sie die Figurenkerze dann in die Mitte Ihres Altars. Die Schale mit dem Salzwasser stellen Sie rechts vorne auf, und die Räucherschale stellen Sie vor die Figurenkerze. Verteilen Sie nun die getrockneten blauen Rosenblütenblätter auf dem Ritualtisch. Das Schüsselchen mit der Räuchermischung plazieren Sie rechts in die Nähe der Räucherschale. Legen Sie die Räucherkohle, Zündhölzer sowie die anderen Utensilien auch griffbereit zurecht. Begutachten Sie nochmals Ihren gesamten

Altar. Wenn alles zu Ihrer Zufriedenheit gerichtet ist, bereiten Sie sich nun selbst auf das bevorstehende Zeremoniell vor.
Wie immer begeben Sie sich hierfür zum rituellen Bad und vollziehen es, wie ich es auf Seite 52 beschrieben habe. Wenn Sie sich nun ganz entspannt und wohl fühlen, steigen Sie aus der Wanne, trocknen sich ab, und gehen dann entweder nackt oder in angenehme blaue Gewänder oder Tücher gewickelt zu Ihrem Ritualtisch.

Das Ritual

Da Sie jetzt selbst gereinigt sind, reinigen Sie auch Ihren Altar mit allen Gegenständen. Besprenkeln Sie hierfür den gesamten Altar mit etwas Salzwasser und sprechen Sie dabei:

»Ich, ... (sagen Sie Ihren Namen), reinige hiermit meinen Ritualtisch für das Gesundheitsritual.«

Jetzt können Sie für sich und Ihr Ritual Schutzmaßnahmen treffen. Stellen Sie sich also vor Ihren Altar und ziehen Sie mit der linken Hand je ein anrufendes Pentagramm in jede Himmelsrichtung. Die richtige Reihenfolge ist Osten, Süden, Westen, Norden. Ziehen Sie jetzt noch mit Ihrem ausgesteckten linken Arm im Uhrzeigersinn einen so großen Kreis um sich selbst, daß auch Ihr Altar mit eingeschlossen ist. Dabei visualisieren Sie, daß dort,

wo Ihre gezogene Linie den Boden berührt, diese zu einem großen, lodernden Feuerring wird, der für die Dauer des Rituals nichts Negatives an Sie herankommen läßt. Sie können natürlich auch andere Schutzmaßnahmen ergreifen, wie z. B. einen sogenannten Magischen Kreis auslegen oder zumindest den Schutz-Kreidekreis so ziehen, wie ich es auf Seite 95 beschrieben habe.
Nehmen Sie nun die weiße Figurenkerze zur Hand und reiben Sie diese kräftig mit Gesundheitsöl ein. Stellen Sie sie sodann wieder in die Unterschale zurück. Zünden Sie nun die Räucherkohle an, warten Sie einen Moment, bis die Kohle richtig glüht, und geben Sie dann einen gestrichenen Teelöffel der Räuchermischung darauf. Zünden Sie auch die beiden blauen Altarkerzen an. Breiten Sie Ihre Arme seitlich aus, die Handflächen nach oben zeigend, und sagen Sie:

»Hört, Ihr Wächter, hört meine Rufe, eilt herbei und schützt dieses Ritual. Laßt die Göttin hindurch durch Eure Tore. So sei es.«

Geben Sie etwas Räuchermischung auf die glühende Kohle und rufen Sie mit ausgebreiteten Armen:

»Diana, Du mächtige Göttin, hör mein Flehen und komm in meine Mitte.«

Halten Sie nun die Figurenkerze mit beiden Händen über die Räucherung und sagen Sie:

»Diana, sieh, dieses Geschöpf sei nun kein Wachs mehr, sondern Fleisch und Blut. Dieser menschliche Körper wird geplagt von ... (sagen Sie die Krankheit, von der Sie befreit werden möchten). Höre, Diana, nimm hinweg das Leid von diesem Körper.«

Stellen Sie die Figurenkerze zurück auf den Altar. Überkreuzen Sie Ihre Arme vor der Brust zu einem Gebet. Visualisieren Sie mit geschlossenen Augen, wie Sie völlig gesund auf einer Wiese spazierengehen. Fühlen Sie deutlich, wie glücklich Sie sind, daß Sie Ihr Leid nun besiegt haben. Öffnen Sie Ihre Augen und zünden Sie auch die weiße Figurenkerze an. Geben Sie erneut etwas Räuchermischung auf die Kohle und sprechen Sie mit ausgebreiteten Armen:

»Diana, vernimm meinen Wunsch. So wie das Wachs in der Flamme schmilzt, so schmilzt auch mein Leiden. Nichts außer Kraft, Vitalität und das Licht Deiner Liebe bleibt zurück. So sei es ab sofort in Deinem Namen und mit Deiner göttlichen Kraft.«

Lassen Sie die gesamte Atmosphäre des Rituals und die Anwesenheit der Göttin noch einige Zeit auf sich wirken. Mit dem Wissen, daß Sie erhört wurden, bedanken Sie sich und verabschieden sich mit Ihren eigenen Worten von den Wächtern und der großen Göttin Diana.

Lassen Sie nun alle Kerzen und Räucherungen vollständig abbrennen und vergraben Sie alle Ritualreste an einem Sonntag zur Sonnenzeit (11.00 Uhr oder 18.00 Uhr) unter einem Baum Ihrer Wahl. Besuchen Sie den Baum, wann immer Sie möchten, und visualisieren Sie Ihre Gesundheit und Kraft.

Talisman für den Löwen

Für Ihren persönlichen Talisman benötigen Sie: Eine rote Tischdecke, getrocknete Blütenblätter einer roten Rose, Moschusöl, ein rotes Stoffsäckchen mit einem roten Band zum Verschließen, ein Bild von sich selbst, eine rote männliche Figurenkerze, wenn Sie ein Mann sind, eine rote weibliche Figurenkerze, wenn Sie eine Frau sind, einen Zahnstocher, Zündhölzer, einen wasserfesten Filzschreiber, sieben Sandelholz-Räucherstäbchen, eine Schüssel mit Salzwasser, einen kleinen Herkimer-Diamant-Edelstein, einen etwa 15 Zentimeter langen roten Faden und einen Teelöffel Benediktenkraut.

Ritualvorbereitung

Breiten Sie die rote Decke über Ihrem Tisch aus und legen Sie den Herkimer-Diamanten in die Mitte. Die sieben Räucherstäbchen plazieren Sie rings um den Edelstein herum. Stellen Sie nun die Schüssel mit dem Salzwasser in die rechte untere Ecke Ihres Tisches. Mit dem Zahnstocher ritzen Sie nun folgendes in die rote Figurenkerze:

Ihren Namen, Ihr Geburtsdatum

sowie

den Wunsch, den Ihr Talisman erfüllen soll.

Anschließend reinigen Sie die Kerze, indem Sie sie mit etwas Salzwasser abreiben. Stellen Sie sie dann vor den Räucherstäbchenkreis. Die Rosenblätter beträufeln Sie mit sieben Tropfen Moschusöl und füllen sie zusammen mit dem Benediktenkraut in das Stoffsäckchen. Legen Sie dieses rechts neben die Kerze. Nehmen Sie das Bild zur Hand und schreiben Sie mit dem Filzstift auf die Rückseite:

Ihren Namen und Ihr Geburtsdatum.

Legen Sie Ihr Bild links neben die Figurenkerze. Den roten Faden legen Sie auf Ihr Bild. Kontrollieren Sie jetzt noch, ob alles zu Ihrer Zufriedenheit gerichtet ist, vergessen Sie nicht, alle Utensilien griffbereit zu legen. Wenn alles in Ordnung ist, begeben Sie sich zum rituellen Bad.

Das Ritual

Nachdem Sie sich selbst gereinigt haben, müssen Sie auch den Altar und alle Ritualgegenstände reinigen. Sie tauchen die Fingerspitzen in das Salzwasser, besprenkeln den gesamten Altar und sagen:

»Gereinigt und gesegnet sei diese Stätte im Namen der Götter. So sei es.«

Stellen Sie sich vor Ihren Ritualtisch und ziehen Sie mit der linken Hand einen Kreis um Ihren Tisch, gleichzeitig visualisieren Sie, daß dort, wo Sie gerade ziehen, ein roter Schutzkreis entsteht. Wenn Sie den Kreis geschlossen haben, dürfen Sie ihn natürlich nicht mehr verlassen. Jetzt ziehen Sie, ebenfalls mit der linken Hand, in alle vier Himmelsrichtungen ein anrufendes Pentagramm. Die Reihenfolge der Himmelsrichtungen ist Osten, Süden, Westen und Norden. Bei jedem Ziehen sprechen Sie:

»An diesem Siegel zerbricht alles Böse.«

Entzünden Sie nun die Räucherstäbchen und rufen Sie mit ausgebreiteten Armen:

»Herrscher des Feuers, ich, ... (sagen Sie Ihren Namen), rufe Dich, eile herbei und höre, was ich begehre.«

Zünden Sie nun auch die Kerze an und sagen Sie erneut mit ausgebreiteten Armen:

»Gib alle Kraft des Feuers in meinen Talisman, so sei es.«

Heben Sie anschließend den Herkimer-Diamanten über den aufsteigenden Rauch und sagen Sie:

»Herrscher des Feuers, sieh diesen Stein, alle Wünsche seien erfüllt. Starke positive Kraft sei nun in diesem Edelstein.«

Geben Sie nun den Herkimer-Diamanten in das rote Stoffsäckchen und legen Sie Ihr Bild dazu. Verschnüren Sie das Säckchen mit dem roten Faden so, daß Sie in die Fadenenden sieben Knoten knüpfen. Bei jedem geschnürten Knoten sagen Sie:

»So sei es ab sofort.«

Legen Sie anschließend das Säckchen wieder auf den Tisch und lassen Sie es liegen, bis die Kerze und die Räucherung völlig abgebrannt sind. Vergraben Sie alle Ritualreste unter einem Baum Ihrer Wahl. Das Säckchen tragen Sie nun immer bei sich, es wird Ihnen ein treuer Begleiter und guter Schutz gegen vielerlei negative Einflüsse sein. Wenn Sie sich einmal kraftlos fühlen, nehmen Sie einfach Ihr Säckchen in die Hand und visualisieren Sie, daß positive Energie aus dem Herkimer-Diamanten im Stoffsäckchen in Ihre Hand und von dort in Ihren ganzen Körper strömt. Wenn Sie nach vielen Monaten – wenn Sie sehr im Streß sind, vielleicht schon nach ein bis zwei Monaten – bemerken, daß der Talisman Ihnen weniger oder keine Kraft mehr schenkt, sollten Sie ihn mit Dank unter einem blühenden Baum vergraben. Jetzt können Sie sich einen neuen Talisman weihen, der Ihnen wieder neuen Schutz gibt.

Teil VII
Notwendige Informationen für magisches Arbeiten

Zeittafel für magisches Arbeiten

In der Magie wird den Daten der Astrologie höchste Bedeutung beigemessen. Daher ist es wichtig zu wissen, an welchen Tagen welcher Planet regiert, damit man noch besseren Zugang zu den kosmischen Kräften bekommt. Natürlich ist es auch wichtig zu wissen, an welchen Tagen man die verschiedenen Gottheiten anrufen kann.

Sonntag

Wie der Name schon sagt, ist dieser Tag der Sonne vorbehalten. An diesem Tag können Sie Gesundheitsrituale, Dankesrituale und Schutzrituale zelebrieren.

Montag

An diesem Tag regiert der Mond. In Italien heißt der Montag »lunedi«. Übersetzt bedeutet das »Tag der Mondgöttin«. Sie können Liebesrituale, in denen die Mondgöttin Aradia angerufen wird, zelebrieren, aber ebenso jedes andere Ritual, in dem Sie Aradia um Hilfe bitten.

Dienstag

Dieser Tag ist dem Gott Mars zugeschrieben. Mars wurde in der Antike immer dann angerufen, wenn Kämpfe anstanden oder wenn man wichtige Entscheidungen zu treffen hatte.

Mittwoch
Dem Götterboten Merkur ist dieser Tag bestimmt. Er eignet sich für das Merkur-Ritual. Wenn Sie einen Prozeß, beruflichen Aufstieg oder eine Prüfung zu bestehen haben, sollten Sie auch an diesem Tag Kerzenrituale zelebrieren.

Donnerstag
Dieser Wochentag ist Jupiter geweiht. Im Germanischen entspricht dieser Thor, dem Donnergott. Daher stammt der Name für diesen Wochentag. Wir zelebrieren das Jupiterritual und alle Rituale für Erfolg, Geld und Finanzen, und zwar von Sonnenaufgang bis 23.00 Uhr. Ebenso können Sie donnerstags beginnen, Flüche und Schadenszauber abzuwehren. Dies allerdings dann in der Zeit von 00.00 Uhr bis eine Stunde vor Sonnenaufgang.

Freitag
An diesem Tag regiert die Venus. Es ist der Tag, an dem Sie Liebesrituale zelebrieren sollen, und zwar nach Sonnenaufgang und vor Mitternacht. Wenn Sie sich an die Stunden halten, in denen Venus regiert, können Sie nichts falsch machen.

Samstag
An diesem Tag regiert der Saturn. Dieser steht für Neuanfänge und für Reinigung. »Altes lassen und Neues beginnen« lautet seine Devise. Der Samstag eignet sich hervorragend für exorzistische Riten.

Wochentage mit Regentenstunden

Sonntags regiert:
Sonne: 01.00 Uhr, 08.00 Uhr, 15.00 Uhr, 22.00 Uhr
Venus: 02.00 Uhr, 09.00 Uhr, 16.00 Uhr, 23.00 Uhr
Merkur: 03.00 Uhr, 10.00 Uhr, 17.00 Uhr, 24.00 Uhr
Mond: 04.00 Uhr, 11.00 Uhr, 18.00 Uhr
Saturn: 05.00 Uhr, 12.00 Uhr, 19.00 Uhr
Jupiter: 06.00 Uhr, 13.00 Uhr, 20.00 Uhr
Mars: 07.00 Uhr, 14.00 Uhr, 21.00 Uhr

Montags regiert:
Sonne: 05.00 Uhr, 12.00 Uhr, 19.00 Uhr
Venus: 06.00 Uhr, 13.00 Uhr, 20.00 Uhr
Merkur: 00.00 Uhr, 07.00 Uhr, 14.00 Uhr, 21.00 Uhr
Mond: 01.00 Uhr, 08.00 Uhr, 15.00 Uhr, 22.00 Uhr
Saturn: 02.00 Uhr, 09.00 Uhr, 16.00 Uhr, 23.00 Uhr
Jupiter: 03.00 Uhr, 10.00 Uhr, 17.00 Uhr
Mars: 04.00 Uhr, 11.00 Uhr, 18.00 Uhr

Dienstags regiert:
Sonne: 02.00 Uhr, 09.00 Uhr, 16.00 Uhr, 23.00 Uhr
Venus: 03.00 Uhr, 10.00 Uhr, 17.00 Uhr
Merkur: 04.00 Uhr, 11.00 Uhr, 18.00 Uhr
Mond: 05.00 Uhr, 12.00 Uhr, 19.00 Uhr
Saturn: 06.00 Uhr, 13.00 Uhr, 20.00 Uhr
Jupiter: 00.00 Uhr, 07.00 Uhr, 14.00 Uhr, 21.00 Uhr
Mars: 01.00 Uhr, 08.00 Uhr, 15.00 Uhr, 22.00 Uhr

Mittwochs regiert:

Sonne: 06.00 Uhr, 13.00 Uhr, 20.00 Uhr
Venus: 00.00 Uhr, 07.00 Uhr, 14.00 Uhr, 21.00 Uhr
Merkur: 01.00 Uhr, 08.00 Uhr, 15.00 Uhr, 22.00 Uhr
Mond: 02.00 Uhr, 09.00 Uhr, 16.00 Uhr, 23.00 Uhr
Saturn: 03.00 Uhr, 10.00 Uhr, 17.00 Uhr
Jupiter: 04.00 Uhr, 11.00 Uhr, 18.00 Uhr
Mars: 05.00 Uhr, 12.00 Uhr, 19.00 Uhr

Donnerstags regiert:

Sonne: 03.00 Uhr, 10.00 Uhr, 17.00 Uhr
Venus: 04.00 Uhr, 11.00 Uhr, 18.00 Uhr
Merkur: 05.00 Uhr, 12.00 Uhr, 19.00 Uhr
Mond: 06.00 Uhr, 13.00 Uhr, 20.00 Uhr
Saturn: 00.00 Uhr, 07.00 Uhr, 14.00 Uhr, 21.00 Uhr
Jupiter: 01.00 Uhr, 08.00 Uhr, 15.00 Uhr, 22.00 Uhr
Mars: 02.00 Uhr, 09.00 Uhr, 16.00 Uhr, 23.00 Uhr

Freitags regiert:

Sonne: 00.00 Uhr, 07.00 Uhr, 14.00 Uhr, 21.00 Uhr
Venus: 01.00 Uhr, 08.00 Uhr, 15.00 Uhr, 22.00 Uhr
Merkur: 02.00 Uhr, 09.00 Uhr, 16.00 Uhr, 23.00 Uhr
Mond: 03.00 Uhr, 10.00 Uhr, 17.00 Uhr
Saturn: 04.00 Uhr, 11.00 Uhr, 18.00 Uhr
Jupiter: 05.00 Uhr, 12.00 Uhr, 19.00 Uhr
Mars: 06.00 Uhr, 13.00 Uhr, 20.00 Uhr

Samstags regiert:

Sonne: 04.00 Uhr, 11.00 Uhr, 18.00 Uhr
Venus: 05.00 Uhr, 12.00 Uhr, 19.00 Uhr
Merkur: 06.00 Uhr, 13.00 Uhr, 20.00 Uhr
Mond: 00.00 Uhr, 07.00 Uhr, 14.00 Uhr, 21.00 Uhr
Saturn: 01.00 Uhr, 08.00 Uhr, 15.00 Uhr, 22.00 Uhr
Jupiter: 02.00 Uhr, 09.00 Uhr, 16.00 Uhr, 23.00 Uhr
Mars: 03.00 Uhr, 10.00 Uhr, 17.00 Uhr

Diese Zeiten sind nach der mitteleuropäischen Zeit ausgerechnet und bestimmt worden. Beachten Sie bitte, daß sich die Zeiten während der Sommerzeit um eine Stunde ändern.
Hier ein Beispiel: Freitags: Venuszeit, statt 15.00 Uhr = 16.00 Uhr Sommerzeit.

Der Schutz-Kreidekreis

Für Ihren Schutzkreis benötigen Sie Magische Kreide, die Sie selbst herstellen können. Besorgen Sie normale weiße Kreide und Meersalz. Acht Nächte vor Vollmondin geben Sie etwas Meersalz in eine Schale und legen die Kreide darauf. Die Schale muß jetzt sieben Nächte ruhig so am Fenster stehen, daß die Mondin darauf scheint. In der siebten Nacht, eine Nacht vor Vollmondin, halten Sie die Kreide mit Ihrer linken Hand der Mondin entgegen und sagen:

»Sieh, große Mondin, ich, ... (sagen Sie Ihren Namen), weihe diese Kreide in Deinem Namen. So sei es.«

Ab sofort können Sie die Magische Kreide verwenden. Immer wenn Sie diese nicht brauchen, legen Sie sie in die Schale mit Meersalz. Das Ziehen eines Schutzkreises mit der Magischen Kreide ist eine gute Möglichkeit, sich selbst und sein Ritual vor negativen Einflüssen oder Wesenheiten zu schützen. Beim Ziehen des Schutzkreises müssen Sie zwei Dinge beachten. Wenn Sie mit der Kreide um Ihren Altar einen Kreis auf den Boden malen, lassen Sie so viel Abstand, daß Sie sich problemlos im Kreis um den Altar bewegen können, und achten Sie darauf, daß Sie sich immer im Kreis befinden. Bis zum Ritualende dürfen Sie ihn nicht mehr verlassen. Während Sie den Kreis ziehen, sagen Sie siebenmal:

»Kein Feind, kein Fluch durchdringt den Kreis, zum Schutz ich ziehe ihn in Weiß.«

Anrufende Pentagramme

Osten, anrufend
(Luftelement)

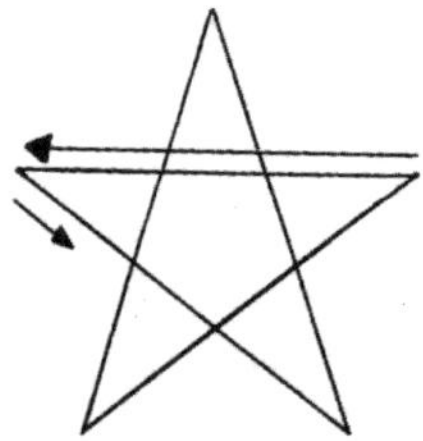

Süden, anrufend
(Feuerelement)

Westen, anrufend
(Wasserelement)

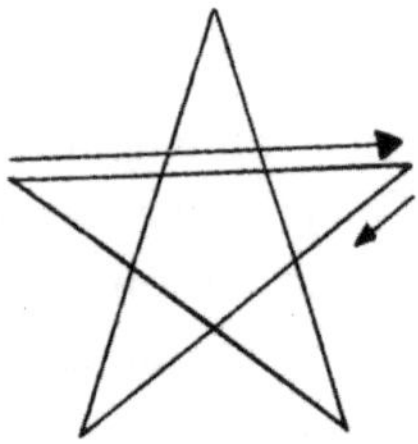

Norden, anrufend
(Erdelement)

Bannende Pentagramme

Osten, bannend
(Luftelement)

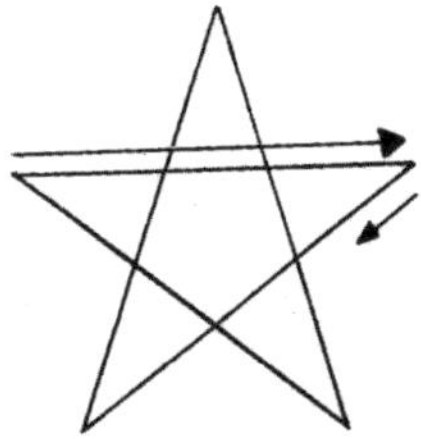

Süden, bannend
(Feuerelement)

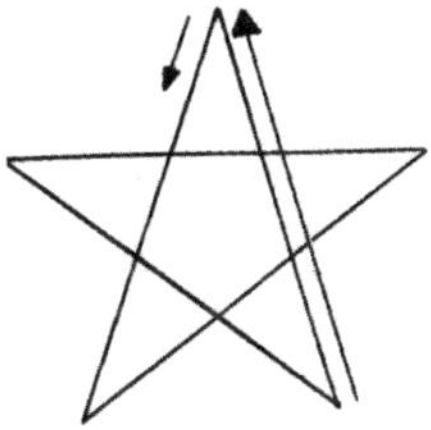

Westen, bannend
(Wasserelement)

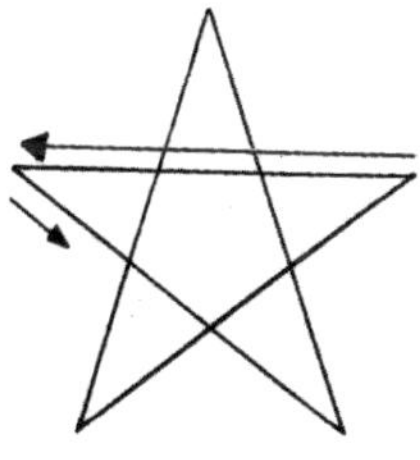

Norden, bannend
(Erdelement)

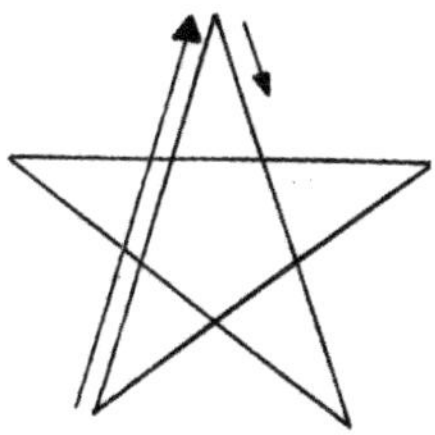

Auflösung von Seite 43

Liebe Leserin, lieber Leser,
sollten Sie beim ersten Durchblättern dieses Buches zufällig auf diese Seite stoßen, lesen Sie bitte den untenstehenden Text nicht. Lesen Sie zuerst den Anfang des Buches bis Seite 43 und führen Sie insbesondere die auf Seite 43 beschriebene »Teppich-Meditation« durch. Haben Sie das getan, drehen Sie nun das Buch um, und beginnen Sie, links oben zu lesen.

Diese Fragen sollen genügen, denn Sie verstehen jetzt sehr gut, daß mit jeder Frage und deren Beantwortung die Beschreibung Ihres Teppichs genauer und genauer wird. Je mehr Fragen Sie jetzt aufgrund der »Teppich-Meditation« spontan beantworten konnten, desto intensiver haben Sie über den Teppich nachgedacht und desto besser wären Sie in der Lage gewesen, in einem Ritual Ihr genau definiertes Ziel zu beschreiben – der Erfolg wäre sicherer. Weiter geht es nun wieder auf Seite 44.

Beginnen Sie hier:
Wenn Sie diesen Text lesen, haben Sie vermutlich vorher die »Teppich-Meditation« gemacht.
Die nachstehenden Fragen sollen Ihnen zeigen, ob Sie weit genug gedacht und sich von Ihrem Teppich ein ganz genaues Bild gemacht haben.

Welche Farbe hat der Teppich? Hat er irgendwelche Muster? Welche Muster? Haben gleiche Muster auch gleiche Farben? In welchem Raum liegt Ihr Teppich? Was ist außer Ihnen noch auf dem Teppich gewesen? Menschen, Möbel oder Tiere, und wo waren diese? Ganz oder nur halb auf dem Teppich? Haben Sie gesehen, wie weit Ihr Teppich reicht? Bis zu den Zimmerwänden? Oder bedeckt er nur einen Teil des Fußbodens? Ist er mit Randleisten versehen oder eingekettelt? Haben Sie diesen Teppich allein ausgesucht und gekauft? Mußten Sie einige Zeit sparen, um ihn sich leisten zu können? Wie haben Sie ihn vom Laden nach Hause gebracht? Oder wurde er geliefert? Haben Sie ihn selbst verlegt oder überließen Sie das Handwerkern oder Freunden, die helfen wollten? Wußten Sie vielleicht wieder, wie Sie sich gefreut haben, als er endlich im Zimmer lag?

Schlusswort

Ich hoffe, daß ich Ihnen, liebe Leserinnen und Leser, mit diesem Magiebuch für Ihr persönliches Sternzeichen einen kleinen Einblick in die umfangreichen Zusammenhänge der verschiedensten Themen von Astrologie und Magie geben konnte. Sie haben mit den Meditationen und Ritualen Einblick in die Weiße Magie, die ich praktiziere, erhalten. Es freut mich auch, wenn Ihnen dieses Buch eine Hilfe ist, selbst in die Welt der Weißen Magie einzusteigen oder Ihr Wissen zu erweitern, und wenn es Ihnen als Leitfaden dient, um das eine oder andere Ritual zu zelebrieren.

Natürlich können Sie alle gesprochenen Worte, die in den Ritualen vorkommen, Ihren persönlichen Bedürfnissen gemäß verändern oder erweitern. Der ursprüngliche Sinn sollte jedoch erhalten bleiben. Nicht verändern sollten Sie allerdings die Zutaten und die angegebenen Zeiten, da diese alle auf ein bestimmtes Ziel oder eine bestimmte Wirkung abgestimmt sind.

Sollten Sie weiterreichendes Interesse an weißmagischen Ritualen haben, möchte ich Ihnen an dieser Stelle meine Bücher empfehlen:

Die Weiße Magie der Hexe Theresia
ISBN 3-8138-0496-8

Das große Ritualbuch der Weißen Hexe Theresia
ISBN 3-8138-0510-7

Das Magische Jahr der Weißen Hexe Theresia
ISBN 3-8138-0497-6

Die Weiße Magie des Widders	ISBN 3-8138-0511-5
Die Weiße Magie des Stiers	ISBN 3-8138-0512-3
Die Weiße Magie der Zwillinge	ISBN 3-8138-0513-1
Die Weiße Magie des Krebses	ISBN 3-8138-0514-X
Die Weiße Magie des Löwen	ISBN 3-8138-0515-8
Die Weiße Magie der Jungfrau	ISBN 3-8138-0516-6
Die Weiße Magie der Waage	ISBN 3-8138-0517-4
Die Weiße Magie des Skorpions	ISBN 3-8138-0518-2
Die Weiße Magie des Schützen	ISBN 3-8138-0519-0
Die Weiße Magie des Steinbocks	ISBN 3-8138-0520-4
Die Weiße Magie des Wassermanns	ISBN 3-8138-0521-2
Die Weiße Magie der Fische	ISBN 3-8138-0522-0

Alle sind ebenfalls im Verlag Peter Erd erschienen. Wenn Sie Fragen haben oder diverses Ritualzubehör und Talismane oder Amulette bestellen möchten, schicken Sie mir Ihren Brief an die nachstehende **Bestelladresse**:

Theresia Baschek
Postfach 1133
21706 Drochtersen
Telefon: (04775) 89 12 54
E-Mail: HexeTheresia@t-online.de
Internet: www.hexe-theresia.de

Ich wünsche Ihnen, daß das, was Sie sich bei Ihren Ritualen erbitten, in Erfüllung geht.

Blessed Be!
Ihre Hexe Theresia